CONTENTS

人魚紀

01

天將亮的時候，就想走進那片藍，消失在海天交接之際。

然而我也只是站著，每一次都站著，動也不動，從來不曾真正走進去。

今天我的身體爆發嚴重的過敏，那雙長滿細細紅疹的腳掌，扎進白色細沙裡，好像植物的根被移放種植進入淺土之中。我全身都癢，好幾處抓到破皮流血。前天我一睡醒，發現自己一夜之間全身爆發疹子，密密麻麻，這是真真切切的密布而不是誇張的形容詞，頭皮、額頭、臉、脖子、腋下乃至於私處、肛門邊沿、大腿內側，甚至腳掌底的皮膚，都密布紅疹。

我常過敏，但從未這般密密麻麻過，這次究竟發作的是什麼，皮膚生長之處，都是疹子。癢到痛，痛到有點發燒。

我的房東一早就來按門鈴，我還在床上，被吵醒但不想動，其實三小時前我就醒了，但我就躺著不想動，這會兒被急躁的鈴聲激怒。我想不出我的腐敗無聊生活，有什麼值得人這樣鬼嗚哭號地躁動來攪拌，我好事不曾做過但壞事也不曾沾過的人生，我想不出犯過什麼錯，要人這樣指責性強烈地侵擾。

不過房東不肯放棄，他固執地持續按門鈴，我可以感受到從鈴聲傳來他理直氣壯不肯放棄以及持續增加的拚搏怒意。

我放棄了，蓬亂起身拖著一腳拖鞋，另一腳拖鞋找不到，只好就這麼衝到陽台，打開大門。

老房東破口大罵：「你搞什麼為什麼我按門鈴你不開門？混帳東西！我在門口站了多久！我來收房租你要是沒錢可以跟我說，你老實跟我說，我就晚幾天來收，你怎麼讓我站在這裡按門鈴等，你不想來開門對吧！混帳東西……」

我躺在床上輾轉時累積的抗拒與怒意，在看到老房東的那一刻，瞬間消失，轉為驚愕，我身體裡面簌簌發抖，喉嚨乾燥說不出話。

老房東的白色平頭上夾了五、六個粉彩蝴蝶髮夾，兩隻耳朵都戴上夾式紫色貝殼耳環，頸上掛著三串珍珠項鍊與貝殼項鍊，紫色白色銀色交替閃著，老房東的手指戴著滿滿戒指，珍珠與貝殼，他連眼鏡都換上紫色鏡片。然而他身上穿著的還是老伯伯的白色汗衫內衣，寬垮的短褲與拖鞋。

我力持鎮定，不想讓他看出我的震驚，擔心他受到傷害。

我想告訴他我不是沒錢交房租，而是不想這麼早起床。

我想告訴他，請不要沒有通知就一早來敲門，我晚睡晚起，如果真要來，請中午過後再出現，我就會開門。

但是我什麼也沒說，因為我猜想，說了也沒用。掛滿紫色女性首飾的老男人，我的言語就算清亮如串串貝殼，也滑不進他充滿怒意的耳朵。

我只是沉默，讓他繼續罵，罵到他覺得滿意為止。

「我還沒去領錢，下午我領了錢送到樓下給你。」

「混帳東西你沒錢可以早說，」老房東罵我的時候，他的紫色貝殼耳環微微地晃動。「我可以通融你幾天啊你早說……」

他罵完了，轉身，顫顫巍巍地要下樓，突然停了一下，他輕輕搔了搔自己的臉頰，應該是發癢，然後他做了甩頭輕拂長髮到耳後的動作，但是，他沒有長髮，我見到他露出一個嫵媚嬌羞的少女微笑。他向空氣中隱形的存在，調情似的，然後帶著那抹嬌笑，扶著把手一步一步緩慢走下去。

我關了門，不知所措地跌進沙發。過了一會兒有確認感了，開始覺得驚悚。

說不出可怕在哪裡，房東戴滿紫色貝殼首飾，做出女態的怪奇姿態，後面還有點什麼吧，而那個我難以理解的神秘，比較可怕。

我開始追想，老房東什麼時候開始穿戴女人首飾的？沒有跡象可循嗎？上個月他來按鈴收租，就已經戴著紫色貝殼項鍊。我清楚地記得，當時在他白汗衫上我看到貝殼項鍊，只覺得突兀，猜想那說不定是什麼孫輩送他的海島旅遊紀念品，沒太放在心上。然而這次他戴了滿頭滿臉的貝殼珍珠貝殼髮夾，一下子對我怒吼，吼完又像女人一樣搔首弄姿。

這一切奇怪，會不會只是人生的小脫線，時間的大輪子輾過，任何古怪的小脫線，也就捲進「日常」這兩個字的滾輪之中，然後，所有的怪奇都只是一時，不能被歸納入常規節奏，又不至於帶有足夠的破壞性，炸毀原有日常的邏輯，說是怪奇，都不算什麼。

想著想著，覺得有點涼，然而我又不想從沙發起身去拿小被，只好將身體縮捲成小蝦，躲在沙發上昏睡。

疲累不至於，但那惱人的昏沉一直擺脫不了。

房東狂按門鈴的前一天夜裡，我躺在床上眼睛大睜沒睡。四點左右聽見外頭傳來女人痛苦的狂喊，她的喊叫愈來愈大，愈來愈清楚，已經不像是從某個遙遠處傳來的，她的聲音大到讓人明確覺得女人就住在這社區的某一戶，甚至有好幾次清楚到簡直就像在戶外呼喊。

我警覺，翻起身來，打開房間窗戶，向外環視，想找出是哪一戶哪一方位，是哪裡的女性，必要時報警。我本能地關掉自己房內燈光，從黑暗中張望，不想讓別人看到自己的動態。女人的叫聲愈來愈淒厲，大聲到離奇，社區中許多住戶紛紛啪啪扭開了燈，有些裸著上身穿著條紋短褲的男人，甚至站到陽台上，想找出那女人狂喊的位置，想研判究竟發生了什麼，是不是需要立即處理的危機。

女人好像遭到爆打的狂嚎，開始夾雜抽搐哭聲，站在陽台上的男人們，趴在窗台上披著晨衣的太太們，愈來愈緊張。聽了一陣子逐漸凝聚，那女人的狂喊，彷彿來自某棟大樓的七樓或八樓，有個鄰居住戶對另一端陽台的男人問，是不是左棟大樓的住戶，要報警嗎？

然而那女人的聲音突然改變，爆出一聲隱含嬌意的綿長呼喊，接近於呻吟。眾多站在窗邊陽台戒備的男人女人突然愣住，想分辨出那女人最近的那一聲狂喊中夾雜的那素質，莫非是他們以為的那個。

大家愕然的靜默中，女人又再冒出一聲大喊呼叫，這次，誰都聽出來了，是呻吟。

整個社區在黑暗中紛紛打開的黃燈，突然陸續關了幾盞，剛剛的緊繃氣氛一下子變成無奈鬧劇，打赤膊的男人從陽台上狠狠地對空中大吼：「好了吧你們，也該睡了吧，吵醒這麼多人夠了吧！」

我跪坐在窗邊已經吃吃地笑好久，暗中偷窺著這一切。我笑到輕輕喘，這個戲劇性的夜，讓我樂極了。

我笑了一陣，意猶未盡，又摸回窗戶邊看外頭，才一下子，大家全關燈去睡了。

我有點寂寞，但還是笑個不停。我應該想辦法睡著，睡飽才有力氣練舞，明天有舞蹈課。

這百無聊賴的世界上我最喜歡的，就是跳舞了。

02

跳國標舞的人永遠處在沒有舞伴的恐懼中，絕大多數的人和我一樣，跳了一段時間也都還找不到舞伴，委屈地在團體課中，隨機和零散的陌生人，或者和舞伴當天缺席的倒楣鬼，手搭手跳一下。對方程度不好，你也不想和他跳太多次，怕跳了幾次成了固定搭檔，半推半就的人家就當你們定了下來。我的生活所有開銷，就只有跳舞，花下學習重金，固定跟老師練習。希望經過東尼的訓練，我能成為一個程度好的舞者，學得正確的雙人舞互動觀念與基本功，基本水平就先拉起來了，幸運的話，未來我會遇見自己的舞伴。

因此，我花了許多時間在選手聚集的國標舞蹈教室中和東尼學舞，他訓練我的基本功，光是基本步就折磨大半年。照他的說法，基本步是終其一生都要天天練習的。另外的時間，因為東尼教的一個叔叔阿姨團體班，程度相當好，東尼毫不吝惜地教導阿姨們喜歡的、世界比賽選手流行的、新奇花俏的舞步，阿姨覺得學愈多新舞步，學費花得愈值得。東尼要我在團體班學新舞序舞步，在個人課雕琢舞技，回家自己鍛鍊。

東尼說，他會在舞蹈教室幫我留意有沒有人要找舞伴，但他不說我也知道，機會不是很大，教室那邊的人多以參加比賽成為選手為目標，找舞伴會嫌我起步晚年紀大，但東尼鼓勵我先練習再說，不要多想。另一邊則是從叔叔阿姨團體班中找舞伴，叔叔阿姨班因為東尼的威力教學傳出口碑，逐漸來了一些年輕的學子，也想跟著東尼學。

我看到更多的例子是，老師沒有特別關照的學生，始終沒有舞伴，沒有辦法練習跳舞，在雙雙對對為單位的跳舞環境中，看著人家隨著音樂起舞，再堅強的心靈幾次之後就委屈了。大家只顧著練自己的，和自己的舞伴磨合，沒人會花時間去照顧那些落單的同學。落單的人，幾次之後，覺得沒意思，孤單而混著羞辱，覺得被排擠，學不下去了，來一兩個月之後失望就不再跳了。

一位教過許多藝人明星的有名舞蹈老師，接受媒體訪問時曾說，找國標舞伴和找人生伴侶是同樣的事，當那個人還沒出現時，你要好好練習，把自己準備好，等到舞伴出現，你們就可以立刻上軌道。

我的舞蹈同學中不少人信以為真，以為這種兩性文章的幻想邏輯，真可以套用在雙人舞世界，只要把自己準備好，只要有耐心地等待，等得夠久，對的人終有一天會出現。

是，也不是。現實世界中，擠不進去兩人一組隊形的落單者，不管他有多麼寂寞，現實世界現在已經可以容得下隻身過活的人。但國標舞這個世界，入門規則就是兩人一組，你若不在兩人一組的隊內，就連進門都不能進，不被納入這世界。

不過，那時候我也情願相信，只要努力練下去，好好準備，總有一天會遇到合適的舞伴，一起練習，我們可以像選手那樣求精進，不能成為職業也可以去業餘組的擂台比試。東尼一定會為我高興的。

但不管怎樣，務實一點，我告訴自己，你總不能不練習吧，總不能等到舞伴出現，才開始練舞吧。

最激烈的時候，一個禮拜七天中有四天上舞蹈課，兩天到專業舞蹈教室，東尼幫我上個人指導課，一次一小時的個別指導。舞蹈教室充滿年輕選手的身體氣味與能量，走進去四處都散落著對鏡拉筋練習的舞者，大家都專注在自己身體上，看著鏡中反映出來的身體，就知道問題在哪。

「鏡子是舞者的好朋友」，從鏡子找到自己的錯誤。四處都是進行特訓與課後練習的認真舞者，每個人都蓄勢待發，年輕旺盛。

另兩天的叔叔阿姨班在外頭租借活動中心，一次三小時。這叔叔阿姨班，我後來才知道在國標界很有名，因為這些熱愛跳舞的叔叔阿姨聚在一起十多年不曾解散。但叔叔阿姨和教室裡頭的選手，呃，氣味非常不同。團體班大多數的人再喜歡舞蹈也都是跳興趣的，碰到老師，遇強則強，遇弱則弱。東尼的誠摯與認真，對學生提出的問題有問必答，還會一一示範動作釋疑，讓這群舞齡超過十五年的阿姨叔叔，暖心快樂，並且生出了對藝術的野心與欲望。

我練習結束回家，汗總是流到連內褲都濕透。

不上課的時候我在家也練習，上課學到的舞步舞序，對著電腦看影片重複練習基本動作。還有，我要訓練核心肌力，並且每晚拉筋，這一切都是為了練出舞蹈所需要的身體。儘管起步晚，成為職業選手已經無望，我也想朝著那完美的舞姿更靠近一些。我私心仍對成為真正的舞者有所想望，我想要跳得像國際選手一樣，不想只是社交度過娛樂時光，那樣子手拉拉跳跳土風舞就好。

我要我自己有天跳得很棒，舞姿可以令人從靈魂內部發出嘆息，跳得那麼好。東尼教我練什麼，我就一定練什麼。他說我哪裡不夠，我就練哪邊。我最喜歡最仰賴的就是他，他是落單的我在雙人舞世界中，唯一可以攀扶的浮木。

我不是盲目地追東尼，在東尼之前，我跟過幾個國標老師，也和幾個女生四處拜師學藝，但總失望而歸。一問之下才知道，覺得自己被騙錢的同學真不少。正因為見過江湖中各種國標老師，我才能在遇到東尼時，認出他的身體，那是真正的舞者，同時發現他有一位好老師的真誠熱情與魅力，好舞者同時又是好老師，那是多大的幸運。

之前的那些國標老師，有一些是自己很會跳的現役選手，有一些則已經退下來，專門以教舞維生，有些則自己根本不太會跳，半桶水。但哪一種都讓我這種學生感到遭受輕視侮慢，深深挫折，彷彿當我是國標世界的次等人。

他們不會認真地教你舞蹈動作，也不真正磨練你基本功，他們有時教你一兩個舞步，然後就放音樂，帶你轉圈圈跳舞，跳到下課時間到。雙人舞是這樣的，如果只在社交舞的程度，女人只要放輕鬆任男性引領，便可以跳一整晚，還樂得像公主一樣。於是騙錢的老師就帶你跳著，裙襬飛揚地轉圈轉圈，讓你有種自己很會跳舞的錯覺，然後，時間一到便下課。好像跳了一個小時的舞，又好像什麼也沒有，虛榮而空洞，甚至有的女人會臉紅心跳，在亢奮的茫然中付了昂貴的鐘點學費錢走出門。一下課多數老師就冷下臉不認識你，顧著和自己的同輩選手聊天。

選手出身的他們在意舞蹈大過賺錢，他們很在意舞者，那是他們共患難的朋友與競爭對手。他們收了學生順理成章地會先了解，問你是不是舞蹈系體育系的，以前有沒有學過舞，如果都沒有，他們估算你的年紀，算算重新訓練，也不可能成為比賽選手。如果招來的學生對舞蹈真有點野心，他判斷你有能力也有意願走選手的路，便會拿出藝術家對藝術家的高標準開始整治。若這個學生不可能成為舞蹈的同道，他們便開始思考，你做為一個奉養他們的提款機，實力是否堅強。

如果運氣差的，遇上在國標江湖混吃混喝的油頭半吊子，他們特別喜歡教上了年紀的貴婦，好好哄好好帶，金庫懷中抱著金庫，長長久久而穩當。

我很難成為選手，也明顯不是貴婦，兩種都搆不上。他們很快判斷我是圈外人，我聞得出那種哄騙與羞辱的氣味，對待門外的愛慕者，他們傲慢惡劣。

一個女生知道我一直為找不到合意的舞蹈老師發愁，要我去試試東尼，那是她在旅行中認識的朋友的老師，她先去看過了，要我也去叔叔阿姨班，觀察一下東尼，之後再決定也可。可我一聽說這是二、三十個叔叔阿姨的團體班，便判斷這是社交舞界不入眼的團體，那裡的老師哪可能好，八成是隨便跑江湖的半吊子，因此沒大興致。

那女孩又跟我說，給一個機會，去看看，看了就知道她的推薦不無道理。

兩三個月後，我仍然找不到老師，便到那團體班去看。

剛進教室那一幕讓我瞠目結舌。幾十對充滿驚人自信氣勢的舞者，令人震撼，我一時還沒感受到那是叔叔阿姨，只感受到認真與氣勢。身體的自信，以及充滿整個空間的能量，彷彿燒起火一樣。還有老師，東尼，他一拍一拍地要求，一小節一小節地講究與糾正，那種誠摯與熱情，汩汩源源不絕流出，感染了每一個學生。空氣細密的分子也在嗡嗡地鳴叫，我沒法移開眼睛。

東尼光是站在那邊打拍子，就產生穩定強勢又純真的領袖魅力。

接著我看見他為學生示範舞步，我看見他的肌肉一節節向外伸展出去，穩定的中心與下盤，迅速而花俏的舞步之根本在於穩定。我感動得要命，這是對的身體了，這是舞者。這是了，這個人真的會跳舞，而他對待學生的親切與嚴肅，顯示他真的在意跳舞，他沒有分別心地想把他理解的舞蹈教出去。

換句話說，這男人對舞蹈有種熱情與理想。

那堂課我始終站著沒離開，東尼的宏亮朝氣，彷彿帶選手班一樣地吆喝著叔叔阿姨，我尤其注意到，東尼連細節，舞步連結之間的小處，也教得清清楚楚，要學生「小地方也要全部確實地跳出來」。聽說這些叔叔阿姨，有幾對甚至是在舞廳中當老師的，其他也學了十五、六年，他們的向上之心被這位明朗年輕人召喚出來，不敢耍油條。

我的心被他抓住了，一個真正會跳舞的人，真心喜歡舞蹈的人。每個動作都是從內部延展出來的，一節節，一寸寸，身體與音樂互為詮釋，胃和心都打著美麗鼓聲，嘴角泛著笑。

東尼轉圈，我終於看到他的正面。細眼睛，白皮膚，下顎帶方，練出來的強壯身體，骨骼突出。

長得不算好看，但跳起舞就是巨星。

我回頭對那女孩說，我們下週就來學吧。那女孩很高興。

剛開始我和找我來的女孩小桑搭成一組跳，因為我們在這團體班，誰也不認識，年紀又小過多數同學一大輪。我之前瞧不起叔叔阿姨，這一跳，才知道人家臥虎藏龍，東尼教他們的舞步其實相當複雜，東尼對叔叔阿姨的要求，已經超越了社交舞。

更重要的是，這個班級對舞蹈的熱愛與認真程度，讓我驚訝。

但既然這麼狂熱與認真，阿姨和選手的差別在哪？在於沒有基本功。

叔叔阿姨沒花心思在看起來最沒收穫最呆板最沒成就感的基本功上，他們覺得基本的舞步，自己早就會跳了，何必每天練。他們渴望的是東尼每次教導他們更新穎更厲害沒見過的最新舞步，或是教他們世界冠軍跳的舞步。但叔叔阿姨沒做過核心訓練與重量訓練，身體沒有中軸，跳舞不會挺直，不會向核心收攏集中，如此也就失了重量感。

沒有核心的身體，就是沒有骨幹。那像彈鋼琴一樣，最基本的功夫最重要，但練起來最煩人單調。誰都想學新曲子，但基本的沒有練起來，學再多艱難的曲子也沒用。

然而比我大二、三十歲的叔叔阿姨，竟然可以跳到這種程度，仍然讓我驚訝。我的鬥志因此被激發，學了兩個月，跑去找東尼，告訴他我還要上他的個人班，也期待見到專業舞蹈教室中的選手氣氛。

我告訴他，我要從最基本的，一點一點扎實地學起來，我告訴他最基本也是最難得的，我明白這道理。因此我不想從花俏開始，我要從基本功從頭磨起。

「你怎麼教選手的，我要你也那樣教我。」我紅著臉擠出這句話。

東尼倒不置可否，斜眼看著我。我那時才感覺到他除了課堂上的明朗，其實還有點邪氣與架子，但他見我不放棄，才說，你先來我那邊試上一節課，如果覺得可以，真要上，再看看吧。

我不管他的語帶保留，就這麼上了一堂堅持要上第二堂第三堂。我要證明給他看，我是認真的。若他真的有我在初次見到他時感受到的那份純真與理想性，我的熱切與真情，一定會感動他的。

和東尼好起來之後，他才告訴我，一開始他根本不打算教我，因為他覺得我看起來怪怪的，有時候表情怯懦，有時又唐突地盯人看。還有我雖然手腳修長，但晃動起來有種古怪。

重點是，東尼覺得我根本和舞蹈教室格格不入。

我才想起來，剛開始上課時，東尼好幾次暗示，希望我以後不要來上課，或者可以找別的老師，我卻沒聽懂，只是卯足力氣直直往前衝，一直找他上這種對我這市井小民來說，學費昂貴的個人指導課。

我忘了究竟花了多少時間東尼才真正接納我，做為一個學生和一個朋友。也許他終於理解儘管彆扭疏離，其實我是溫暖而笨的，更關鍵的是他也發現我對舞蹈有天生厲害的感受力。我很會看舞，有厲害的鑑賞力，但自己學習卻是慢的。眼睛厲害耳朵厲害，但舞步記得慢，對他的指導，也要花上比較久的時間消化，但是一旦理解了就不放手不會忘。

我回家一直練，飢渴到他這樣的選手都吃驚，因此進步非常快。

「你要是從小跳舞就好了，現在一定了不起。」

「為什麼？」

「你身上有好的女舞者的特質。」

「什麼？」

「脾氣壞，認真，飢渴，還有，好的直覺。」

我沒有工作，過簡樸的生活，這世界若花費只在吃飯的話，其實用不太到錢。直到跳舞進入我的人生前，我常常覺得，活在世上自己只是一個隨意就會消失的泡沫，在尚未消失前，我在大海中漂游，大魚過來，我就躲到珊瑚旁，小魚來了，就隨興地跟著游一段，以一跳一跳，一躍一躍，亮光或急流，眼前見到什麼就是什麼。我小歸小，但目光清朗，見到形形色色。有時我則覺得，就順著波流，浮到海面，在太陽光的照射下，應該會折射出淡淡的彩虹，我就這樣消失也沒有關係。

但因為跳舞出現，我不同了，我有了執著，有了欲望與野心。

我常常先穿平底軟底練習鞋試跳，逐漸地可以穿上兩吋半的高跟舞鞋。一開始跟不上的舞步，逐漸地就跟上了，也開始細琢肢體表現。我感受到身體與節奏旋律的結合，出自本能地感到歡喜，接著我著迷於自己對自己的身體是有控制權的。原來我不是無能為力，我是有力量控制自己的。

還有，另一個秘密也許是，我長年以來不曾被碰觸的身體，突然感受到，與別人的身體配合與接觸，竟然能夠有那樣子騰空而起的歡愉，像飛翔，像被溫柔的海浪托住，產生的驚人隊形與表現，以及分享結果的親密，那是一個人做不到的。

「Men lead，women follow，這是種非常沙文的舞啊！」我忍不住埋怨嘆息。

「是啊，但規矩就是這樣定的，想要跳，就只能按照規則走。我也得照著走。」

國標舞分為兩大類共十種，標準舞包括華爾滋、探戈、狐步、小快步、維也納華爾滋；拉丁舞包括倫巴、恰恰、森巴、鬥牛舞、捷舞。就外表來說很簡單，標準舞女生的裙長都過膝蓋，拉丁舞裙長都在膝蓋之上。標準舞比較緩慢優美，拉丁舞則奔放熱力四射。

我只學拉丁舞五種，不學標準舞，因為不喜歡。

東尼也不跳標準舞。「那種舞下半身要和女生完全貼在一起，我不要。」

倫巴是愛侶間的纏綿悱惻，恰恰是俏皮歡快的追求調情，森巴是慶典式繽紛華美，捷舞的話，你就想像自己和友達以上戀人未滿的朋友開心玩樂。

「那鬥牛舞呢？」我問東尼。在所有的舞蹈中，鬥牛舞最尷尬，鬥牛舞只有兩套音樂，舞伴之間的互動有別於倫巴、恰恰、森巴、捷舞，鬥牛舞最讓我心煩跳不好。鬥牛舞的角色分配有兩種，第一種，男生是鬥牛士，女生是鬥牛士手上揮動的紅旗斗篷；第二種男生是鬥牛士，女生是牛。

這種舞的舞伴之間沒有愛侶式的來來回回，沒有溜溜球那樣鬆鬆緊緊的推拉，沒有物理力學般不可抑制的磁性相吸互斥卻又難分難解。

只是鬥牛士與牛，過程與結果單一明確，沒有變化：牛會死掉。

「為什麼？」

「沒有為什麼，規則就是這樣。」

規則就是這樣，雙人舞的規則是定好的，不能翻轉，你要跳就要按規則。

首先，它是雙人舞，一個人不能跳，單數不成立。

其次，兩人一組的權力關係是定好的：Men lead，women follow。

我開始進步，益發不能忍耐帶我找到東尼的女孩小桑，不能忍受和她一起跳。特別是我在個人指導班已經被東尼養大胃口，知道雙人舞伴之間正確的引領互動是什麼，知道那種準確的乾淨俐落，益發不能忍受業餘者毫無章法的牽手推推拉拉，覺得全身被人蹭蹭擦擦，不乾不淨。

我不想和小桑繼續一組上課，但現實擺著，我身邊沒人。

小桑的節拍感錯誤，永遠慢一拍，永遠沒在記舞步，記個大概就隨便跳，跳錯就吃吃地笑，她覺得很開心，上課鬧鬧騰騰，在一片阿姨之中她覺得自信無比。更讓我生氣的是，每次跳不在一塊上，我忍住怒意，擠出笑試圖提問：「剛剛是哪裡弄錯了呢，為什麼我們沒搭上？」

我是希望她想一下自己哪裡跳錯，她卻一回頭就問旁邊的阿姨：「夏天說她不會跳剛剛的，你教她好嗎？」

明明就是她，偏偏她心中總覺得自己沒有錯，是我的問題。我氣得說不出話來，如果她不知道自己拍子不準，如果她看不出自己沒跟上舞序，如果她看不到，注定怎麼學也沒用的。但她覺得開開心心嘻嘻笑笑，跳舞就展現自己很漂亮。

這樣子下去不會有進步的，她會拖累我。

我想甩掉她。

我告訴東尼，他說，等時機，先稍安勿躁。

過了兩天東尼問我：「團體班中看上了誰當舞伴嗎？如果真的看上誰，我們一起想想辦法……」

我心裡其實有愧疚。是小桑帶我見到東尼，來到這裡的。我甩掉她，她以後要和誰跳呢？團體班上多數是夫妻，少數的幾對年輕舞者也來，但都是配好了。一般來說，學舞的女生不太願意改跳男生角色，因為女生是雙人舞中被展示的花朵，而且，若對學舞有野心，想進一步參加比賽，女生就是要跳女生，跳男生沒有未來的。

當初小桑和我搭的時候，她說沒關係，她願意跳男生讓我跳女生，她讓著我很友善。但我狐疑與歉疚，因為比起我，小桑才是比較女性化的那個，她喜歡表現自己，卻願意為我跳男生。小桑的世界裡有好多有趣的事，而我的世界只有跳舞。小桑和朋友相約看電影，上課就會遲到，我等她等到發火。小桑對於細節不求甚解，跳個差不多出來就覺得過關，而我總是每個小節與動作，半拍半拍計算，都要跳得確確實實。

團體班上有一對和我年紀相仿的未婚夫妻，兩人比我早來團體班，兩人也上東尼的個別指導班。男生高壯，臉圓，女生嬌小，也臉圓，五官相似，大圓小圓，眼睛也都是圓圓的，笑起來成了下弦月，臥蠶明顯。兩人鼻子直而小，嘴巴小，笑起來有種兒童般的天真感。在叔叔阿姨班，這對年輕人很受長輩疼愛。

未婚妻美心是電算工程師，有時候因為下班得晚，上課遲到，她的未婚夫便自己一人跟著學，不太主動去找其他落單者先搭著跳，反正另一半等下就來了。我也很少主動過去找他搭。有一天，我大著膽子過去搭了那未婚夫的手，一起練習，踩步借位，兩人從頭到尾都不說話，只是身體搭配著。

碰到正確的身體本身就令人愉快，不會重心不穩拉扯你的身體，不會晃來晃去，舞伴正確使用身體，便給你穩定的引領與支撐。原來身體會湧現溫暖，全身通電。對於雙人舞來說，遇到好的身體，多麼可貴。

東尼常說的，拉丁舞的重心要往下一點，腳要深深深深地踩進地裡面去，要踩進去那樣低而穩定的重心，原來是這種感覺。正確使用的身體，男人不需要控制女人的身體，只需以手的方向給出清楚的指示，女人自會回應以漂亮的動作，不用硬去勉強。

那一刻我有點想哭，身體的感受太好了。

不到十五分鐘，美心來了。我立刻放手，移開自己，美心笑吟吟地接過未婚夫的手。未婚夫帶美心繼續跳，他對美心笑，那之前他一直沒有表情。

小桑非常喜歡她自己，從來不覺得自己不好，我養成了壞習慣，因為小桑拖拍，我每次都比正確的拍子快四分之一拍，好讓她拖拍後，我們跳起來像是在正確的拍點上。我忍不住攬下男性舞者該有的引領工作，本能地去推動小桑。我知道，這樣下去我會愈跳愈糟，壞習慣會搞毀一切。

舞伴最好的身型搭配是男生比女生高十到十五公分，這樣子若要做手下轉等動作，比較剛好，男生若個子比女生小或差不多高，很難做出在自己腋下把女生轉來轉去的任何舞步。我將近一六五公分，穿上兩吋半的高跟舞鞋，就一百七十好幾了。想從現成的業餘團體班找身高夠的男生就難，何況人家還要看得上我願意和我練。尤其是教室中的男選手，青春正盛而全副武裝，競爭意志也強。每個人都想找一個可以讓自己加分排名往前的舞伴，根本不可能考慮我。

我跟東尼說，明明跳得那樣軟爛，身體那樣不行，有沒有身體，跳同樣的東西，表現出來的差異多麼大。身體不到位，跳什麼都沒用。

東尼摸摸我的頭：「多數人看不出來。」

他說：「多數人在鏡子裡頭，還是看不到自己。他們看不出來就沒有用。看得出來的人，就有機會成為厲害的人，或者，就直接發瘋了。」

我非常想要真正的舞伴，我想往上爬，往舞蹈的核心前進，往頂端的美好前進。我渴望一個屬於自己的舞伴，一個真正可以長期練習，熟悉彼此身體並且發展出長期配合默契的舞伴。

03

表哥第一次自殺未遂，我媽帶我去醫院探望。

當兵休假的某日，我表哥將自己鎖在家中浴室，喝下一瓶通樂。送醫後他的命被救回，但食道受到嚴重灼傷，不能進食不能言語，必須花上很長一段時間修復，醫生決定截取大腸的一部份，移植到食道做為重建。

我們去看他的時候，是食道重建手術過後，他仍在醫院恢復並觀察。陽光很大，夏日中午，天藍無風。我覺得和我媽坐了好久的車，搖搖晃晃，有恍恍人世之感。

阿姨在醫院走廊先迎我們，接我們進病房。表哥和阿姨都長得非常好看，眼睛大，深深的雙眼皮，鼻樑高，窄臉，明星臉一樣的五官，就是個子不高。

我媽也有大眼睛，那是他們家族的遺傳。我媽認為她有責任勸導訓誡，因為我阿姨早早喪夫，性格溫和，我媽更認為自己有責任幫助姊姊將迷途之子引回正途，更何況這帥小孩幼時她還幫忙抱過養過好幾天。而她的方法就是說話。她一開口不是安慰，倒像訓誡，滔滔不絕訓示起來，牧師宣道一樣，要幫喪志的幼子建立正確的人生觀。彷彿醫生創造了表哥的新食道，她可以創造表哥的新腦子。我媽認為一個人不成功都是因為不夠努力，一個人輕生必定是因為不夠堅強，意志力不夠。我媽繼續說，若不是如此，為何同樣的家庭，同樣父親早逝，怎麼表姊進了醫學院，弟弟當兵卻搞自殺。

我媽愈說愈起勁，當黑手也能求生，成螻蟻也可以奮鬥。

因為喝下通樂的關係，表哥不能說話，眼睛不看我媽，他的眼神飄過我媽，看向窗外。我站在窗邊晃蕩，越過我媽的背影，看表哥的臉。我表哥的視線遇上我的。

我對他笑了笑。表哥盯著我看，又把眼睛移開。

我媽的演講還在進行，因為表哥不理她，她益發表現戲劇性，想引起表哥的注意與共鳴。我阿姨受不了，找機會支開我媽，兩人一起去外面買飲料。

病房剩下表哥和我。我歪著頭看表哥，他迎著我的眼睛，和我對視。

我繞過他身上插著的奇怪管子與機器，笑嘻嘻對他說：「既然活下來了，你就活下去嘛！外面世界的那些人，很討厭，非常討厭，我也好討厭他們。我們活下去，一起活下去吧，將來總有一天，一定會輪到我們給這些討厭鬼顏色瞧瞧。」

我表哥笑了起來，眼睛瞇瞇的很好看。

我媽和阿姨進來，表哥又恢復面無表情。

幾天後阿姨打電話給我媽，說表哥誰都不想見，只想見我，聽我說話。

她希望我媽讓我去看表哥。

我媽滿腔熱血，說她隔天就去開導，和表哥聊聊。

阿姨說：「不行，不要你，他只想聽夏天說話。」

我媽沒讓我去見表哥。

事實上，我媽後來還去看表哥好幾回，但絕對不讓我出現。

從那之後，我再也沒有見過我表哥，直到現在，二十多年了吧。

我表哥身體恢復後，又回到部隊服役，但必須先接受軍法懲戒。

後來我知道的是，表哥又喝了一次通樂，醫生又修了一次他的食道，但這一次比上一次難救。

我媽不太讓我知道表哥的狀況。我大概曉得，表哥後來服役的時間，根本都待在醫院。

表哥退伍後，第三次喝下通樂。

他還是沒死。

我不太參加家族聚會，事實上我們這種城市家族的家族聚會很少，往來也不多。但我不參加總還有點敷衍的招呼，表哥則是決絕的程度，彷彿就此消失。我表姊出嫁生孩子後，表哥和我阿姨孤兒寡母共同生活。這個家族沒什麼人知道表哥現在什麼模樣，長什麼樣子。他好像就從這世界蒸發了，沒人見過他。

我常想起他，想起他小時候的樣子，我都老了，他現在應該也老了，我有時候猜想他留了點鬍子，還是很瘦。

老了其實很好，最近我常回想起這些點滴小事，散落在過往隧道中沒有道理的小事串起，如今老了會明白其實這些小線索指涉著很多自己大半生都不理解的謎語。解開了這些謎語比較好嗎？我想了很久，其實也不必然，但我覺得理解是好的，理解未必帶來歡快，可能是更深的悲傷，那悲傷不只在我自己身上，不只在我家族身上，也許還在一個人類的脈絡上，一個性別的榮枯上。

只是，明白了，哀傷了，但裡頭有個始終緊著的東西，終於能夠在人生走到這邊，鬆了點。

一張我媽黑白的磨損老照片，驚人的美麗。頭髮向後梳起的少女，露出整張光潔明亮的臉，身穿白色洋裝，坐在椅上，手拿小提琴與弓弦，輕輕置放在她交疊的腿上。那是我媽少女時候，舉行小提琴演奏會前，攝影師來家裡為她拍的。

那是我從來不曾見過也無能參與的，我媽引以為豪的，富裕明美的少女時期。

如果我媽一直是少女就好了，不曾長大成為性徵成熟富有生殖力的女人就好了。如果我一直是少女就好了，如果不曾長大不曾成為性徵成熟富有生殖力的女人就好了。如果這世上所有人都不具性徵，不具生殖力就好了，我媽會快樂，我也會快樂，而且，我才可能被愛。

我媽帶我去醫院檢查，我少女的時候很瘦，長年咳嗽不止，鼻炎症狀嚴重，醫生要我照X光，想看胸腔是否病變。排到我的號碼，檢驗師要我先去更衣，要我把上衣脫光，裸身穿上檢驗衣。

我正捧著檢驗衣要進更衣室時，我媽過來：「你要做什麼？」

「換衣服，要脫光換上檢驗衣，等下等叫號，到隔壁照X光。」

「脫光？」

「嗯。」

「不准把胸罩脫掉。不可以。」

「可是剛剛那人說要我脫掉，裸身穿檢驗衣。」

「不准脫。你就這麼愛脫衣服給人看啊？」

我不是很明白這一切，只是困惑。最終，我聽了我媽的，穿著胸罩，套上檢驗衣，進了X光室。定位站好後，檢驗師突然隔著玻璃窗，從檢驗室那端用麥克風對在這間房間的我說：「欸，你裡面穿著胸罩。」

我臉紅又羞愧，點頭。

「請去隔壁更衣室脫掉再進來照。」

我被帶出檢驗室，在外等著的我媽問，拍完了？

我搖搖頭，人家說要把胸罩脫掉才能拍，否則不能拍。

我媽冷著臉。

我連忙走進更衣室，脫掉我的胸罩，穿好檢驗衣，跑回檢驗室。

我直覺是我媽討厭我的身體，但是她又想佔據我的身體。

而對她來說，我身體的意義是什麼呢？是我的性別，而我性別的唯一意義，是性。

我的身體健康沒什麼重要，我的身體是承載我靈魂的存在，也沒關係，至少我媽不在意，我不能怪我媽不在意，我人生後來遇上的所有的人，也不在意這些。

對多數人來說，他們和我媽一樣，我存在的意義是我的性別，我的性別唯一的意義只是性。

有一陣子我十分迷戀會煮飯的男人，也喜歡帶我去吃飯餵食我的男人，對我來說，健康需要的是滋養，是柔情，是纏綿不絕不會停歇的滋養，跟性有關的，都是暴力與控制。

我以前討厭食物，令人憎惡。我媽認為她的人生都花在做飯給我吃。她總怒氣沖沖地做飯，上桌後命令我迅速吃掉，我想說話聊天想看電視邊吃飯，她會生氣，叫我閉嘴快吃，她才能收尾。她要我快吃，不要浪費她的時間，但又同時提醒我，她花了這麼多人生做飯給我吃，一頓辛苦我二十分鐘就吃完，真是她的努力船過水無痕，都成了我的糞便。

聰明的女人才不會進廚房。我媽不斷這麼提醒。

事情愈來愈難，我不但困惑，而且痛苦。我媽對我持續不斷地批評，讓我終日精神恍惚，上學的時候，我總是處在持續哭泣後的昏沉中。放學後又是一場批評以及三餐上菜式的貶抑。或者，每天我回到家，發現自己房間的擺飾不同，我的書桌從床的左邊被移到右邊，或者，我的書櫃全部不見，我媽當天決定把我的浴缸封住，把我的書櫃架上浴缸，書放在馬桶旁，或者，我抽屜裡的筆記全被翻出來，或者，我多了一個衣櫃，衣櫃正面是一面大鏡子，正對我的床，面對那面陰鏡我夜夜驚嚇，沒法入睡。每天我回家的路上就緊張，不知道今天會發生什麼變動，人生真是無法安穩，今天是爭吵罵人，還是長得又不一樣的房間。

後來，我媽一過來才要開口，我就開始尖叫，叫到我爸過來搧我耳光。再後來一點，我一放學開了家門，我媽要開口，我就站在電梯門口開始尖叫，叫到鄰居聽得到。我媽會怒斥我，把我拖進家門，斥責我想讓家醜外揚。

我憤怒痛苦，不知道我身上的醜惡是什麼，我日漸萎靡，長時間哭泣，覺得家是可怕之所，是永遠不得安穩的地獄，我問她：「為什麼一天到晚動我的房間？」

「我的錢我的房子，我當然可以愛怎麼動就怎麼動。」

我晚上若進入睡眠，我媽就進來坐在床邊數落她對我的不滿，有時是我的服裝我的肢體語言或我的課業，有時則是我的笑容。

我全身虛脫，精神落寞，頭覺得痛。

「不能等我睡醒了，明天早上再說嗎？或者是你不能在我睡前早點說嗎？」

「我非常忙，難道要配合你的時間？我說你兩下又有什麼，我又不是不讓你睡，我說完了你就可以睡。」

我根本不願想起那段永遠不安全睡不飽的青春期，當我進入大學後，很快地就收到我媽留在我枕頭上的一封長信，內容大約是她對我從小投入大筆金錢心力栽培，而我讓她失望痛苦，但她身為母親，不計前嫌，為了我的未來著想，已經安排好了醫生要為我進行處女膜重建手術，希望我重新做人，好好思考前途，並能體會她對我的深厚愛心與期許。

我讀著信，從嗚咽開始變成尖叫，在夜裡衝出家門。

我在外面晃了一夜，睡在我的同志朋友床邊地板。回家時，我的父母在吃早餐，我進房想拿她那封信，在我爸面前正面跟她理論，卻找不到。

我爸進房拿雜誌時，她得意地說，那封信她燒了：「你別想拿那封信威脅我。更何況，那又沒什麼。」

我爸回到餐桌，我媽開始跟他說我一晚不知道在哪混，整晚不回家。我怕耳光，躲回房間，我聽見我媽跟他說：「夏天八成又換了男人。」

我張開雙腿，摸著我兩腿之間的黑洞，我仍是未經男女之事的新鮮女子，卻覺得自己被性折磨到滄桑粗糙，這個黑洞究竟是不是罪惡的深淵，我怎樣會變成我媽眼中這樣的人。

有一次我難過到跑去找我爸。我爸從來都不涉入這些事，他很忙，忙他的公司與他的工作，就算不是他的工作，他也關在他自己的世界，冷漠嚴厲地對待任何想入侵他世界的人。他不說話，如果遇到干擾，他忍耐或走開，如果真不行，他就發怒。在外如此，在家也如此。

我絕望到冒著被他打耳光的風險，哭著求他：「請你，拜託你叫她，叫她不要再那樣對我……」

我爸不悅：「她，是誰？」

我說不出話，哭到氣喘。

他聽了我抽抽搐搐一陣：「女人的事，不要來找我。」

我爸也不是完全不理會我，幾週後他找我談，很理性的，正是他的作風。

「我不會反對你搬出去，只是，我不打算供應你搬出去的生活費用，我照樣會支付你現在每個月領的零用金，但不會給更多。在這條件之下，你搬出去我沒有意見。」

說完他的決議，他就走了。

我還真的認真地想知道搬出去的房租，問了班上外地北上同學租屋的錢，我才知道自己的無力，一個中學生沒有一丁點獨立的可能。於是我一樣每天掉眼淚，上學，放學，恍惚，知道這世上沒有任何人會把我拉出地獄。沒有人會幫助我，更何況我看起來一點都不需要幫助，我上鋼琴課、繪畫課，我長得好看，穿乾淨高尚的衣服，任何人都覺得我坐著不動就會有人喜歡，就算我說了也不會有人相信。

但我總是有長大的一天。

某個星期天的早上，我衝過去打了我媽，推她打她，用腳踹她。

我媽委屈地大哭，驚愕地睜大眼睛：「果然你每天在外面，一定是嗑藥了。」

我哈哈笑了起來，笑到臉痛，作勢要繼續打她，她伸手擋我。

我沒逃跑。

那天晚上我爸要我鄭重向我媽道歉，問我還是不是人，不管怎樣終究是母女，我怎麼做得出這種事。

我冷靜沉著地走到我媽前面，說了聲，冷淡地說，對不起。然後笑了一聲離開。

過了更多年後，經過更多反覆夾纏，幾次失敗，離開又回來，想活下去的渴望與終極的罪惡感，嚴重的匱乏與自信喪失，離開了又回來，有一天，真有能力真的離開。

最近我作夢，內容總是初經來的那天。

我國一，下雨天，我沒帶傘，放學的時候我淋雨走路回家。走著走著，我覺得自己好像尿尿了，雖然感覺又不太像是尿尿，但明明有什麼液體持續大量地汩汩流到內褲上，但我也不確定，疑惑著膀胱沒有尿意為什麼會尿出來，也因為全身已經被雨淋得濕透，內褲說不定也是雨水大量滲濕的。

我身後走著幾個同班女同學。她們在背後對我指指點點，我回頭看她們，她們就不說話。其中一個圓眼戴眼鏡的，指著我的裙子，想要說什麼，又吞回去。

我笑了，雨好大對吧。回頭繼續走我的路。

回到家我忍不住那奇特的像尿又不像尿的感覺，立刻走進浴室，坐在馬桶上。

濕透的深藍色百褶裙皺皺地被我褪到地上，我發現裙子攤著有淡淡的褐色水流著，而我的濕透內褲也有奇怪的褐色痕跡。

那究竟是什麼髒污呢？我覺得自己沒尿尿，站起身。發現馬桶內一片血紅，而我站起來後，也有大量的紅色從大腿流到地上，快速地，在白色地磚上形成一灘濃烈的小池。

啊，來了，我這時突然領悟到，這天來了。

04

舞蹈教室那陣子充滿耳語，選手們與學生們窸窸窣窣交頭接耳，有憂心忡忡者，有八卦好奇者，討論的是前一週一群選手在舞蹈比賽的打架事件。

比較大的舞蹈教室在舞蹈界各成山頭，教室創辦人及旗下代表性弟子，都在此授課，都是門面台柱。這個教室當主辦單位辦的舞蹈比賽，常常去拜碼頭和另一個山頭結盟，邀請他們派出旗下菁英選手參加，增加比賽的精采與可看性可信度。我也聽他們說過，有些比較奇怪的比賽，一些教室的選手會聯合抵制不願參賽，說是背後有黑幕或水準不足，去了跳得好也沒用之類的話。

他們議論的是教室的幾個選手，前一週到另一城市參加舞蹈比賽，雖然不是業界大事，由舞界大山頭邀請國際一流選手參賽的國際型大比賽，這種大賽通常在大飯店或大體育館辦，引起討論的是一個比較小型的，由縣市政府補助的比賽。東尼所屬教室的選手去的不多，因為比賽遠，舟車勞頓，而看起來也不是什麼太厲害的主辦單位。不過，教室裡有幾個選手想累積經驗，不辭辛勞地去參加比賽。

沒想到，比賽當場，在初選階段，不少選手就開始非議評審的水準太差，並且一直為當地選手護航。有些專程帶選手前晚就趕去，先在旅館住了一夜準備比賽的教練，發現這些評審中，有多位根本不是職業選手出身的舞者，甚至只是當地健身房的教練，甚至還有當地體育單位的行政主管。

原本大家看好在全國大賽有好成績的選手，竟然根本沒過，一些當地教室的生嫩參賽者卻勝出，自然，這些勝出的都是當地某家特定教室的學生。而那些專程從其他城市跑去參賽的選手，便覺得自己被耍了，自己花錢是來陪人家內定榜單玩的，現場就引起議論騷動。

一個教練忿忿地怒罵，一個選手至少要一千小時以上的練習，一個爛評審只消幾千元的裁判證就可以了。

那個教室於是向比賽的主席團提出抗議，誰知道，選手們累積的憤怒，年輕的身體彼此互嗆擦撞，就在舞場上打了起來。接下來變成了群架。

那位教練二話不說，不願讓自己的選手在場面對不公的複審結果，帶著選手離場退賽。

我問東尼，這事常見嗎？

他說，比賽要拜碼頭或是有點內定看好誰誰之類的，不能說是沒有，那些選手是大家眼睛在看在期待的，大一點的教室彼此都知道，像武林門派一樣，誰有誰，彼此都了解。不過，現場打起來，這是第一次聽說。

東尼聳肩，覺得我的表情大驚小怪。

他說，山頭林立也不是只有台灣舞蹈才有：「你以為英國黑池沒有派系山頭嗎？黑池的評審沒有自己的派系弟子嗎？其實都有。那些大教練收了那些重要弟子，那些人是近來比賽的閃閃之星，是種子選手，是大家關注的焦點，其他多數人，從世界各國來的那些人，說穿了是來陪跳的無名小卒。」

「那你還拚命存錢，每年想辦法跑去黑池比賽？」

「知道有山頭有派系，也不是完全沒有跳下去的空間吧。更何況，除了跳下去，我還有什麼選擇？」東尼說，和舞伴去英國黑池跳，是他活著的目標，做為舞者，就是希望能跳出什麼，被全世界看到。

「雖然我也知道，每次比賽，幾百隊歐美選手，我們這種矮小的台灣選手，擠在一堆老外中間，拚命張牙舞爪，汗流浹背，在人家肚臍胸口比劃，別說評分了，說不定我們小矮個兒跳了半天，評審自始至終根本就沒看到你藏在哪啊！」

東尼覺得最適合和他一起發展闖蕩黑池的舞伴是子恩。子恩小時候練芭蕾，大了進體育系，漂亮修長，充滿肌力，她原本是東尼的學生，後來成了東尼的舞伴。

有次上東尼的個人指導課，東尼和我本來有說有笑，他在調整我某個歪掉的姿勢，健美的子恩揹著包包走進教室，因為和東尼約好在我上完課後，他們要為一場小比賽做練習。

東尼還在上我的課，眼睛卻只看著子恩，遠遠地跟著子恩，她正在做啥，先褪下體育夾克，拿出三明治，和哪個同學說話，敲對方的頭，東尼的表情像個吃醋的異性戀男人。時間一到，東尼頭也不回地丟下我，和平日對我的友愛完全不同，只是急急奔向子恩，在子恩身邊蹲下，像個殷勤的追求者。

還沒蹲好，東尼又站起身來，去咖啡機泡了杯咖啡，端給子恩。子恩正和別的舞者玩鬧，接了東尼端來的咖啡，喝了一口嫌燙，東尼又接回咖啡，就著她喝過的杯口，喝了起來。溫度稍涼了些，東尼又遞回給子恩，兩人喝同一杯。

子恩邊聊，邊整理自己的穿著，低頭看自己腳上的金色高跟舞鞋，鞋帶纏繞的小孔洞好像穿不過去，東尼立刻把她的手拍開，靜靜地幫她整理，我看見他抬起子恩的小腿，放在自己的大腿上，幫她穿鞋，繫好帶子。

只要能和子恩一起跳舞，東尼願意付出能力能及的所有事。東尼的夢，需要一個舞伴才能到達，不是一個自己努力就有成果的夢。

我理解。

我也是同樣的心情，我想跳這個舞，需要一個伴才能跳，這不是靠我努力就會有成果的夢。

其實就個頭來說，子恩對東尼來說有點太過高大，子恩修長，延展性有種綿綿密密的液態金屬流向之美，東尼配合這種美感，將自己的跳舞方式做了調整，加強自己的肌肉量與重量感，讓雙人隊形出現纏綿與穩重向地的雙重特點。他們有一點相同，速度感都很強，力量十足，跳勁爆快舞的時候，展現的力道與刺激非常驚人，令人瞠目結舌，十分華麗。兩人搭檔的那段時間，他們是國標界最被看好的選手檔，從他們開始搭檔，大比賽的戰績一路往上爬，小型比賽幾乎攻無不克。

第二年就去黑池了，東尼一心想著，帶著子恩去黑池。

「現金，我喜歡現金。」他很賣力，快樂地笑著對我說。

東尼白天在藥廠法務室上班，下班後的夜晚與週末，拚命教課，有空再幫舞蹈公司設計舞衣，在教學上，我看他靈活萬分，既懂得看貴婦眼色不失舞者尊嚴，又對普通學生充滿熱忱，理想熱情還有世故的一面。他省吃儉用，用的都是平價品，存錢就是為了出國比賽，和國外選手上大師班，那必須花很多錢。

我很感激他，他好好伺候一個貴婦學生，一星期可以得到的收入比教我一個月還多，可是他還是對我好。

為了留住子恩，兩人搭檔期間所有開銷，從交通費用、舞衣的治裝，東尼都替她負擔。兩人和大師上課，東尼也幫子恩出全額學費。他們若接商業演出，賺到的外快，他全都給她。他只希望她繼續跳舞——繼續和他一起跳下去。只有子恩跳下去，他也才可能繼續跳下去。他說，一年又一年去黑池，和全世界一流選手一較長短，並在跳舞的世界出人頭地。如果形成固定拍檔，他願意娶子恩，結了婚，以後出國比賽演出，不管是旅行或行政，都方便得多。「就算本來不是戀人，大家到後來也都會在一起，在一起最簡單的結盟就是結婚，大家都這樣的。

「除了不能和她上床生小孩，異性戀男人可以做的事，可以照顧一個女人的地方，我都可以為她做到。我也願意她和別人戀愛，只要不妨害跳舞。」

你總是要一個好舞伴，才能在舞池上發光，因為，規則就是這樣定的。

我更用功了，每天晚上看東尼燒給我的名家基本步伐學習影片，愈是基本的愈要每天練。對我最有幫助的是俄國斯拉維克的倫巴基本步教學，清清楚楚，乾乾淨淨，我照著練，東尼嚇一跳問我為什麼大有精進，我說斯拉維克真的很會教。他哼了一聲：「原來你需要這種一動二動三動機器一樣的教法啊！」我對他伸了舌頭，隨他酸。我好幾次太專心，練到天色微亮，才趕緊關掉影片上床去，心中十分滿足。

我和東尼相約去新加坡看世界舞蹈比賽，世界兩大聯盟，一是職業聯盟，二是業餘聯盟，不過不要以為業餘聯盟的就是業餘選手，他們全是職業選手，只是跟著的老師以及發展策略的制定，分成兩大系統。

我們想看真正的國際高手現場演出，平常都只能在電腦前看影片，現在可以看到真人現場舞姿。東尼說那種學習最為快速直接。

東尼動作迅速確實，網上訂好機加酒，三天兩夜，主導所有行程，購買比賽參觀票券也是他一手處理。我們行程簡短，專程去觀摩的，不多留也不貪玩。

東尼的老師，也是舞蹈教室老闆，知道東尼和一個女學生出國看比賽，問東尼：「你們出國是按照行規來的嗎？那年輕女人這麼有錢？還是你們在一起了？」

我不解地問東尼：「什麼行規？」

「這個圈子裡頭的一些習慣。我們之間不需要那些，我不靠教舞吃飯，所以我也不需要守那些規矩。」

「告訴我。」我很堅持。

他說，若是老師學生一起出國觀摩或教學，老師的一切花費都由學生打理，各樣食宿交通費用都由學生付，比較周到的學生還會再包紅包給老師，因為那像是老師特地撥出時間的戶外教學。若學生與老師組成師生隊，參加大小比賽或演出，學生也同樣必須支付老師所有的開銷，還要為老師出場包個紅包。

啊，我有點驚訝，那麼，這種舞的門檻好高，不僅以雙人為一組的規則，讓落單的人感到痛苦，這種舞蹈也讓貧窮的人痛苦。

「別擔心，」他攏攏我的頭髮：「我告訴他，我和你是朋友，我們出國是朋友結伴旅行，各付各的，不是什麼老師和學生出門。」

我們進飯店，找到舞蹈比賽現場，一桌桌觀眾圍繞著大舞池設置的餐桌，大家吃著食物並享受近在眼前的比賽。你可以看到選手的汗珠，以及肌肉的形狀，我全身的血滾燙燙地奔竄。東尼坐下來之後，像小女生一樣雀躍，猛和身邊一個纖細高雅的白種女人攀談，熱切到我擔心失禮的程度。

東尼和白種女人聊過一陣子後，附到我耳邊，興奮地告訴我，那白種女人是拉脫維亞選手的母親，拉脫維亞男舞者目前在非職業聯盟排名第三，年輕英俊，等下就要上場。剛剛那個母親告訴東尼，兒子還會繼續跳國標，但明年要進大學讀法律了。

我沒在意這位美麗白種女人和她世界排名第三的兒子，我記得的是我剛剛入桌的時候，白種女人打量我身上黑色洋裝背後挖空的剪裁。

舞者上場後，我就忘了白種女人，也忘了東尼的存在。

我的眼裡只有舞池中的張狂熱切。各色人種，美麗的舞者們，以兩兩成對的形式，齜牙咧嘴、殺氣騰騰、身體交纏、愛憎相雜。一下子生吞活剝要吃了對方，一下子歡快抒情地慶典遊行，有時兩小無猜地看星星玩唱遊。那些濃妝、裸露、金粉、仿曬，汗珠折射燈光，細細滴滴地佈滿臉蛋與身體，仔細看，他們全身的舞衣都濕透。

愚蠢的人，只會看舞者張揚的手勢，稍微進階的人，知道要看腳。舞和人生這點倒是神奇地一致，當你被眼前的撩亂繽紛弄得目眩神迷，簡直迷亂了自己的時候，回到最基本的舞步，看腳。

靠這麼近看，我興奮的眼淚就要迸出，舞者用力時因本能發出的吶喊，驚人身體力量的放射，五彩如人魚鱗片閃亮的舞衣，還有他們在另一個世界沉醉的迷幻笑容。

回到飯店，東尼去健身房，我想洗澡，不想出門，待在房間發懶。

東尼去了很久，我猜他在健身房也已輕鬆找到人作伴，這樣子我反而沒負擔，輕鬆自在。我看到地上有一小團黑色的東西，看起來是棉質的伸縮性的，我不想蹲下或撿起，那應該是東尼的襪子，我才不要去碰。

我進出浴室來回兩趟，都避開經過我和東尼兩張床中間的那個黑色小團。

東尼健身回來，他們去附近的小餐館吃飯。東尼擠眉弄眼地問可愛的男服務生，附近有沒有夜店可以去，這裡的年輕人下班後多去什麼地方，你呢，你都去哪。

晚上東尼還想要出門，我點頭，無感，任他去，我看電視，留在房裡睡覺。

第二天上午是業餘人士師生組比賽，糟透了。

「這就是有錢貴婦找老師報名的那種師生組比賽嗎？」我翻白眼。

「所以排在一大早，也不收門票啊。」

我們決定去海洋生物館，之後去聖淘沙。我一直覺得驚異，東尼這樣的男子，因為讓自己活在國標舞世界，這種從本質上精神上就極度異性戀沙文的世界，浸淫在這種異性戀的邏輯內，才可能跳得好。他的現實生活中，真的保留了許多異性戀男人老派對女人的照料與殷勤，我很少在這年頭看到了。

東尼像男友一樣，幫我拍照，在水族館的各景點前停下腳步，還買冰淇淋給我。我們去沙灘玩，他總是適時幫我拍掉身上的沙。

吃蝦的時候，他不讓我弄髒手，幫我剝好蝦殼，把這一堆蝦堆在他面前的盤子。我正要伸筷夾來吃，他叫我等幾秒，把剝好的蝦子在鍋裡涮了下有熱度，才讓我吃。

那天傍晚東尼照例去旅館的健身房，我一人在房裡躺著，決定沖澡。沖到一半有人敲了浴室門，我濕淋淋地圍著毛巾開門，是東尼，他手上拿著那個小小的黑色一團什麼。

「你的。」

「才不是，是你的襪子好不好！」

「你的啦！」

我氣呼呼地打開那坨小布球，可惡，是我的，我惱羞成怒轉身關上浴室門。

他身上很多習慣比異性戀大男生還傳統，我猜是跳舞帶來的影響，男人引導，女人跟隨，好的大男人還會懂得保護舞伴，這是舞池裡的優良古訓。

舞伴不必然是現實生活中真正的一對，但在舞蹈的世界裡，已有固定舞伴的人，不輕易和舞伴以外的人共舞，那是默契。擁擠的舞池中，別對舞者撞過來，男人要懂得輕巧帶著女伴避開，保護她不被碰撞干擾，這是男人的職責。女伴唯一需要的就是專心看著你，以男人為中心，等待男性的指示，啟動自己的身體，我只是需要看著他，等待他就好。

指示到啟動，男性藉由手的方向發動訊號，女人接收，從男性到女性，會有輕輕兩秒鐘的延遲性，那造成的微妙的肌肉方向轉變，推彈與開展，黏稠而帶有纏綿意味的推拉，像是精緻的溜溜球，某種懸吊的滑輪，那樣子迴旋而後擴張。這兩秒之間的變化，正是雙人舞的精義，只有那些領會其中精義，像是那些帶著玄妙微笑的評審，像是那些遇過真正好的舞伴的人，看的，就是這一秒鐘互動的微妙精緻。

不懂得雙人舞的人，看不到這兩秒的差異，以為這不過是兩人手牽手，開花一般地做出隊形。

到新加坡的那天下午沒事，比賽還沒開始，東尼陪我到烏節路逛。我逛街很有意志力，從路頭一家家走到路尾。幾次我回頭問東尼還行嗎？東尼都說沒問題，繼續在烈陽下陪我走，大店小鋪都隨我進出。

幾個小時後我突然回頭問東尼，其實你又累又無聊吧，東尼笑了。

我突然明白，就連陪逛街，他的耐性也出自他長期以來認定做一個男舞伴或者一個要進入伴侶世界的男人，該有的殷勤與毅力。

這套由舞蹈而來的性別邏輯，真的是東尼認定的異性戀伴侶分工準則嗎？

我決定告停，刻意嚷著無聊根本沒什麼好逛的，想休息吃東西。

我至少還分得清楚，我和東尼不是伴侶，不管在舞蹈上在生活上都不是，我們只是朋友。我們們之間的情感與互動，都不需要模仿男女分工。我們是朋友，要平等以待，彼此體恤。東尼不需要對我像小心翼翼的男友，不需要模仿他學來的那套男性體恤行為。

教室的創辦人大老師質問東尼和我的關係，還語帶輕視，我覺得氣悶，東尼要我不要生氣。他是東尼的師父，可以說是我老師的老師。但我還是一肚子火。

東尼說，他們那一代的老師，人數不多，其實為了跳舞，犧牲了很多。我們的這座島本來不能跳舞，在八〇年代中以前，這座島嶼的住民不可以跳舞，有舞禁這回事。那背後的意義就是你的身體被控制了，不可以隨己意擺動，聽音樂的時候不能順從搖擺的血液自由晃動你的身體。那是罪惡的，淫邪的，跳舞不是身體的本能，不是社會交往的正常活動，跳舞是身體，那便和性有關，和不純正有害的東西是一類的。

那時候，偷偷摸摸的舞廳，都在林森北路，雙人搭起手隨著音樂擺臀，是酒店小姐伺候客人才跳，是不正經的特種營業的人才跳舞。想跳舞的人，就是賣弄風情，嶄露身體，是舊式搔首弄姿的耽溺者。

人們弄不清國標舞，覺得那是社交舞，再不就是太妹跳的翹仔舞。

「但是，就算在那種抗爭要殺頭的年代，世界上總有這樣的人，很喜歡跳舞，喜歡到要衝出這一切藩籬。」那個年代有一兩個年輕人，抑制不了整個社會禁止他們跳舞的欲望，不知道從哪個管道看到國標舞，並且深深地愛上。在禁止跳舞，出國也要經過種種考察的年代，想辦法還是跑到了英國，到國標舞的重鎮，找到舞蹈老師學了舞。

年輕人回到台灣後，開了舞蹈教室，舞蹈還是被歧視的，特別是國標舞，但社會稍微有所開放，因此這些人的舞蹈教室以綜合為名，合併著芭蕾舞蹈、民族舞蹈，那些聽起來比較正經比較高級的舞種。然後在教室也教學國標。

逐漸地他們進入大學院校教舞，讓國標舞成為年輕人的活動，帶入健康明朗的競技意味，讓新一代知道，國標舞又名運動舞蹈，是藝術與運動的結合。媒體開放後，人們也開始逐漸看到各式各樣的影片，國標舞的地位與形象才扭轉過來。

「國標舞以前人家覺得是酒店小姐跳的，現在變成年輕學子瘋迷的，差不多是我們這座島半個世紀從戒嚴到解放的過程。人們喜歡談政治上的禁錮，身體上的禁錮也是同步的。」

東尼說，他的老師就是那第一代推廣國標舞的人。

他的老師與師母是舞伴，積極地開設教室教舞，推廣國標舞，舉辦比賽，希望和國際連線，早年更參加大小比賽，闖蕩江湖。為難的是，事業正旺的時候，若決定懷孕生子，妊娠到育嬰，會犧牲最少三年。他們決定自己的舞蹈事業不能中斷，負擔不起這風險，便說好不生子，兩人都奉獻給國標舞。後來，成為舞界的大老，經營教室。

下一代的舞者，就是比他的老師小一點的，比東尼大一點的這一代，目前是另一家大教室的主持人，他們從前輩的例子知道，舞蹈事業經不起懷孕生子中斷期，因此男生當兵前便和舞伴結婚，當兵這一年多，女伴生子，計畫得好好。如此一來，男生一退伍，兩人便可以銜接舞者生涯，孩子也可以交給父母照顧，他們便繼續到處參賽邀訪，四處出國巡迴。未來，就可以把教室傳給孩子。

「你的老師呢？將來要把教室傳給你嗎？他們沒有小孩，你又是大弟子。」

東尼搖頭，很認真地否決了這個可能。

「沒有人，會真的想把事業交給不是血緣相關的人。他們覺得自己還有很長的時間。

「更何況，他們不是太認同我的作風。」

我心想，包括和我這種學生廝混在一起，又不是女友，這種破壞行規的事嗎？

東尼有次對我說，他白天藥廠的同事，若能對他友善一點就好了。

他的單眼皮眼睛，下三白又跑出來，因為瞪眼出了點狠勁。

「我想他們嫉妒我。」

「啊？」

「因為我是舞者。我除了那個辦公室之外，還有跳舞，他們沒有。」

「他們知道你跳舞嗎？他們知道你每天下班後就飛車騎到舞蹈教室嗎？」

「他們不知道，我才不要讓他們知道！

「但，我想他們總是能夠感覺到，我除了辦公室之外，還有一個他們完全不知道的世界，光是我有秘密，就足以讓這些平凡人嫉妒。」

我問他，想不想辭掉工作專門跳舞教舞。

東尼搖搖頭：「那麼，我便真的變成靠身體賺錢的人了。」

東尼說，他看過太多例子，原本很辛苦，一邊上班一邊跳舞的舞者，辭去工作以教舞維生，但是只靠純潔與熱情撐不了太久。變成算計，拉攏，看上不看下，看富不看貧的那種人。

「一旦靠純粹教舞維生，我會因為靠它討生活，就會變成另外的人了。」

他說他不想考驗自己，不想考驗人性。

05

我還以為只有像我這樣的肉腳才會因為找不到舞伴痛苦，沒想到東尼也是，而世界第一的路妮絲也是，布萊恩．沃森也是，我看著影帶熬夜練習的斯拉維克也一樣。

在兩人權力中，他們有的是施虐者，有的不是，不過都因此苦惱。

東尼一心想要子恩成為他事業上的永久伴侶，最好還是生活中的法律上的，像是給舞蹈事業加個保險書，大家反正後來都這樣。

但子恩不想，大學就要畢業，她想追求的是另外模樣的人生，她會跳舞，但她不是那麼在乎跳舞。她給自己的規劃是，考上體育老師證照，和男友結婚生子，過安穩的小日子。

東尼恨恨地說，子恩開始躲他，藉故不來練舞，上課也遲到，還不接他電話。

他認為，這是子恩打算拆夥的跡象。

「她找到別的舞伴嗎？」

「沒有，不是舞伴。她在戀愛，和男人戀愛，戀愛談瘋了，不來上課不接我電話。」

東尼說，有一次他騎車，等紅燈的時候發現子恩坐在旁邊另一個男人的車上，抱得很緊，臉緊貼著背。子恩明明看到他了，他大喊子恩的名字，但子恩當做沒聽到，也不肯看他。

燈轉綠後，他們走了。東尼一直打子恩的手機，她不接。

「她明明可以好好跳下去，她是塊好料，只要我們一起，一定可以打進國際，有點好成績。她辜負了我為她做的一切，為了男人，為了戀愛。戀愛有什麼了不起？為了戀愛就可以不來跳舞。」

東尼氣壞了：「除了跳舞她有點天份，她能幹什麼？她有什麼能力？真的去考教師資格當個代課老師？體育系的就真的沒腦袋，難道和男人結婚？」

你不也想和她結婚？我靜靜地看著東尼。而且你想娶她的原因不是愛，是因為舞蹈事業，至少，比起戀愛，舞蹈不是那樣高尚的結婚理由。

「跳舞是你人生想要的，但未必是她想要的。」我有點難受。「一個女孩想戀愛想結婚，一個女孩很會跳舞但她不想跳舞，有什麼不對？」

東尼氣得說不出話，好幾分鐘過去，他聳起的肩膀稍稍放鬆。

「我真的可以娶她，我真的可以娶她的。只要她嫁給我，我願意養她，她也可以瞞著所有人繼續交她的男朋友，我不在意，反正那方面是我不能給她的，我也不想要。我只要跳舞，只要她一直當我的舞伴，和我跳下去就好。」

「我真的不在意。」東尼又說一次。

「她在意。」

東尼和子恩拆夥，東尼一直找不同的女舞者在試跳，換了好幾個舞伴。有個女孩眼大嘴大，皮膚黝黑，她和東尼跳了幾個月吧。我和東尼上個人課時，她也會來，有時我跳得不好，東尼索性要那女孩來示範。我覺得悵然若失。不過那黑女孩替我買了橘紅色的練習舞裙。

東尼說他和黑女孩拆夥，他討厭那女孩練舞時不穿胸罩：「就算知道我對女人不感興趣，她也不應該這樣。」東尼告訴黑女孩他受不了舞伴不穿胸罩，尤其是跳這種全身緊密接觸的舞，他覺得自己不受尊重，女孩聽了東尼的抗議，下回穿了件運動胸罩來。

東尼還是很氣，直說：「那還不是差不多！」

東尼又試了一個精緻瘦小像洋娃娃一樣的女舞者，他滿意極了。他興奮起來：「那些基本的功夫，她多麼準確，跳起來準確，搭起來整個身體的感覺都對了，況且，她的身高比較適合我。」

不過，那女孩原本有舞伴，兩人還訂了婚。但男生覺得自己想要一段時間靜靜，因為，本來是因為愛跳舞而跳舞的，後來弄得到處比賽競爭，侍奉老師業界大老，教學要分辨誰是潛在金主，辦活動的時候老闆分配額度給你，要你向貴婦推銷一張一萬一桌十萬的入場券，基本額度一定要達成。

那男生說，舞蹈變成競爭，變成政治，變成爭名奪利，他不確定自己還想不想在這地方跳下去。

男生要女生給他一年時間想想，這段時間女生可以找其他人跳。如果最後決定不跳了，他會讓女孩繼續跳下去，而他們的婚姻也會繼續下去，不會改變。

東尼非常滿意，如果男生不想跳，也不會挑剔東尼和自己的未婚妻密切工作，因為東尼的性向。

但是，更大的問題是，女孩屬於另一家大教室的舞者，也就是說，女孩是另一大山頭的弟子，大教室之間彼此不挖彼此弟子，是業界長期以來的默契。這是政治問題了。

東尼太想跳了，要女生回去向老師說明，不同山頭下的弟子，也可以破例合作。

不過，沒有成。

因此東尼一直處在試舞伴，不成，易怒的狀態中。

只要關係變成兩人一組，不管是舞蹈、師徒、夫妻、情人、母女，關係就會變得凶殘暴力。

我在舞蹈班見過不只一次賴媽媽狠狠地咒罵賴爸爸，儘管有時候根本是賴媽媽跳錯，一跳不順她就罵賴爸爸。賴媽媽是東尼帶領的厲害的叔叔阿姨班班長，是這班的女王蜂。這舞伴關係又是夫妻關係的延續，有時好可怕。

也有一個矮個兒大廚和一個胖胖白白的公務人員小姐跳，大廚覺得自己很厲害，四處教導別人，一跳錯他就指導白胖小姐。我發現白胖小姐都聽他的，並不是真信他，只是知道對方就這性格，大家處下去，也就接受他。

那對女生叫美心的年輕未婚夫妻，也開始和東尼上個人指導課，他們兩人一起在選手班受訓，東尼安排他們去參加比賽，累積經驗。他們上課時間在我前面，我早到，默默看著他們練習，東尼對比賽耳提面命。

東尼拍拍我的背：「找到舞伴，我也會送你去比賽。」

這對年輕夫妻總是笑臉，夫妻臉，看起來好脾氣。但實際跳起來，美心很兇，一出錯就罵男伴，個性很強。

美心常看到我，有時候會坐到我身邊，一起看東尼教未婚夫。我們的距離好像稍微縮短了，以前她在團體班很少接觸我。

許多男人都喜歡指導自己的舞伴，或者落單的像我這樣的小姐。修養差點的，就變成指責，錯都是別人的錯，都是別人的失誤，這是把社會上的男性作風本能地用在舞伴身上了。外面世界的男女邏輯說不定和國標舞世界的男女邏輯沒什麼不同，men lead。許多次男女舞伴吵鬧不休，火氣不消，吵著鬧著，老師只是適時現身擔任仲裁。

我在電視上看過一則紀錄影片，發生在中國湖北武漢。有位程度輕微的弱智男子，年輕時就愛上國標舞。他沒有舞伴，卻對雙人舞著迷，到每一家舞蹈教室報名，就像任何一個去報名雙人舞課程的人，擔心沒舞伴怎麼跳雙人舞。而這世界上所有的雙人舞老師的說法都一樣溫情：你先自己練，好好練下去，把自己的基本功夫練扎實，只要堅持下去，不要放棄，當你自己程度好準備好，總有一天會遇到自己相合的舞伴。

每一個國家每一城市的每一家舞蹈教室、每一位想賺你錢的舞蹈老師，都會說同樣的這種話，這套說法就像空洞的兩性專家講婚姻一樣——凡人類社會中以兩人為一組的單位出現問題，就會聽到這種話。彷彿只要你夠努力，命定的另一半就會出現，如果他沒出現，是因為你不夠努力，或者因為你在遇到他之前就先失去了信心，放棄了堅持。

那個湖北的弱智男子堅持了十幾年，長年上課，長年在舞蹈教室自己練習。

在影片上，我看到他一人練舞的影像，他那坑坑巴巴的臉，出現一種彷彿陷入愛情般的表情，他自己一人踩著舞步，雙手做出環抱形狀，彷彿他正擁著活生生的舞伴在跳舞。但他環擁著的，是空氣，眼前誰也沒有，懷中誰也沒有。

那畫面在我眼中真真驚悚：那男人一本正經滿臉陶醉挺直背脊地，抱著一個不存在的舞伴，跳了十幾年！

那弱智男人為了練舞，四處打工，毫不放棄。男人在受訪時對著鏡頭：「我一直練習，一個人練習，就當做是勤練我的基本功，等待對的人出現，我繼續尋找著自己的舞伴，從沒放棄。」

弱智男人十幾年來始終單人跳著雙人舞，這個故事先經由地方報紙的報導傳開，引起紀錄片導演的興趣。男人經由報導宣告自己仍在尋找舞伴的消息，不過，故事傳遍千里，他的知名度高了，卻始終沒人來找他試跳，沒人願意當他的舞伴。

我自然明白為什麼。

他不好看，非常不好看，不只五官，還有種傲慢與偏執的神氣。我從電視畫面看，覺得弱智男人的眼神中有種可怕的東西，與其說是對舞蹈的熱愛，不如說是對舞伴這概念的執著幻想太過龐大，甚至大過了舞蹈。真正練國標舞的人都知道，那些大小教室老師招生時候說，沒有舞伴也沒關係，一個人慢慢練基本功，總有一天舞伴會出現，這種話是假話。因為，雙人舞中有些基本功，光一個人是沒辦法練的，就連基本功也要兩人練，但是沒人，沒有人會說實話。

八年前弱智男人終於第一次有了自己的舞伴，那是唯一一次，有人寫信給他，想找他搭檔跳舞，是個四十七歲的女人沈姊。

沈姊也是一個深愛國標舞的人，壯壯的她，平時的工作是在廚房洗碗打雜，一天賺三十塊人民幣，賺來的錢都想辦法去跳舞。她在報上看到弱智男人找舞伴的故事，深深感動，覺得這弱智男人的心情和自己好像，同樣熱愛舞蹈，同樣因為自身條件不好，想找舞伴卻不可得。

沈姊相信，他一定可以懂得自己那種人生想要一輩子跳舞的心情吧。

她想著，這個男人弱智且醜陋，十幾年來孤獨地在教室中看著別人一對一對跳著他渴望跳的舞，他心中那份渴望與他人融合卻不可得的欲望與苦楚，還要自我催眠，告訴自己，這一切都不羞恥，這一切都不傷害人。那男人飽脹的欲望，必然堅強，或者，夠扭曲，才沒被那份自己遭世界遺棄的感覺擊潰。

多數的人，很快就會離開了，或者，很快就被淘汰了。

沈姊覺得她和男人，都是現實世界中以及舞蹈世界中兩個弱勢的人，兩個人應該可以彼此理解、彼此依靠吧，更幸運地，若和男人搭檔成功，應該可以惺惺相惜。男人一定會願意，他不可能不願意，既然可以同理彼此，理解彼此的心，那還能使他們成為絕配。

弱智男人回信，要沈姊去他的教室和他試跳。沈姊和男人跳了才幾小節音樂，男人就喝斥，這裡錯了，那裡快了，你動作不到位。音樂再起，沈姊才要動，男人又不耐煩地甩開她，說男人引領女人跟隨，我還沒開始你跳什麼。

跳了幾小節，男人又訓沈姊，你懂不懂啊，國標是這樣子跳嗎？兩人撞車是想怎麼跳。沈姊滿臉尷尬，既羞又愧，一句話也沒有回，只是伸手把鬆脫的髮絲攏到胖胖紅紅的臉旁，而那男人還繼續在訓斥她。

只有我知道，弱智男人自己醜，嫌沈姊老，也嫌沈姊醜。雖是挑舞伴，但根本是挑媳婦的眼睛在撿擇，反正多數的舞伴後來也就走成那一路去了，而有的人眼中盡是別人醜，有的人眼中則盡是自己醜。

影片又轉到男人的特寫，人家問他，會和沈姊做為舞伴繼續跳下去嗎？那真真實實的弱智男人，生出優越感：「我也不確定，先練習看看唄，我先帶帶看她吧，這女人基本功不好。」

我看完這紀錄片，覺得反胃，因為知道那就是現實，不只是舞蹈世界的現實，也是情慾世界的現實。我關掉紀錄片，點放斯拉維克教倫巴基本步的分解動作影片，想練習一下，但天已經亮了，我對著電腦練了二十分鐘就趕緊上床睡覺。

我告訴東尼我想和團體班的高中生又林搭著跳跳看。

團體班雖說是叔叔阿姨班，其實也有些年輕人，最年輕的是個十七歲的高中生又林，在團體班中，他本和自己的家教姊姊一起跳舞。那位家教姊姊從小學舞，舞蹈老師是又林的爸爸。而又林的爸爸是東尼之前，教這班叔叔阿姨班的老師。

後來家教姊姊出國留學了，又林便開始愛跳不跳，愛來不來。又林的爸爸在大陸工作，但非常希望孩子會跳舞，因此老是叮囑家人要讓又林繼續上舞蹈課。

這個小高中生非常傲慢，因為他一直知道，跳舞的男生奇貨可居，大家搶著要，而自己的條件好，從小就學舞，身高又夠高。又林的爸爸跳舞，媽媽也跳舞，哥哥也會跳，假日時，常常全家一起上舞廳跳舞。

又林很驕傲，覺得這班上的人是跳玩票的，每個人比他差又比他老，但是爸爸叫他繼續來，班上幾個叔叔阿姨都是從小看又林長大，會幫忙盯著他是不是來上課。

又林對我來說，是班上唯一一個個子夠高的人。

我鼓起勇氣找又林，問他要不要一起練習。

又林似笑非笑地，打量般地輕輕瞄過我的身體，眼睛沒和我對視：「好啊，我可以帶很多人跳舞，你也可以加入，當其中一個。」

又林給我軟釘子碰。但我不退縮，只要沒把話說死，我就還有嘗試的機會。

誰知道我想甩掉的小桑，聽到我和又林的對話，也湊過來。我有點心虛，擔心剛剛和又林的對話，小桑聽到不高興。

我真是低估小桑了。

小桑對又林說：「那你也帶我跳吧，我也想跳女生，我不想繼續跳男生。既然你可以同時和不只一個人跳，那也和我一起跳吧。」

高中生的虛榮得到滿足，咧出大大的笑容。

就這麼，小桑和我在一堂課中分享又林，輪著和他跳。又林像國王一樣，享受不同女生的競爭。又林自認舞蹈實力是選手級別的，我和小桑是低一階的，年紀比他大得多，開始又晚，他施恩一樣，覺得自己不費吹灰之力就帶著我們跳舞。

我不覺得又林真像他自認的那麼厲害，又或者，又林可能就是那種最糟糕的舞者，面對鏡子裡的自己，卻看不見自己的問題。我的眼睛清清楚楚，又林是身材好，不是舞蹈的肢體好。跳舞的時候，又林上半身與腰身都僵硬，也有可能是完全不知道怎麼使用中段的身體。拉丁舞的基本動作，特別需要練身體中段的柔軟，又林一點也沒有。但又林一直不會進步，因為他不覺得自己哪裡跳不好，他可是從小和爸爸學的。那真是問題，他爸爸跳得並不好，社交舞的意味多過國標舞的特質。但又林不太看得起東尼，自然是因為覺得爸爸比誰都厲害，而他有爸爸的真傳。而他的爸爸，也覺得自己世界最厲害。有時候回台灣，他甚至到課堂上來看著東尼上課，甚至妄下評論，非常無禮。而又林則會對東尼在班上的要求，做出不以為然或嘲笑的表情。

我幻想，若又林願意和我成為一組，合力跟著東尼練習，成為那種舞蹈世界裡兩人一組的夥伴，我們會進步神速。

又林覺得東尼比不上他父親，東尼甚至可能比不上他自己，父子倆都對東尼抱著敵意，他的父親甚至不可能答應讓又林去上東尼的個人指導課。

又林和我跳完一輪，下一輪要和小桑跳，自我感覺好得不得了。我忍著不敢說話，不敢說又林其實哪裡跳錯，不敢說兩人搭不起來那個錯拍的地方，是因為又林使力錯誤。我曾試著想說，又林嫌惡地甩開我的手，要不就露出不屑的樣子，對我搖頭嘆氣、嘖嘖出聲，給我臉色。

小桑則是根本連舞鞋的重心都踩不穩，步子也記錯，因為小桑太門外漢了，也不會自以為是地找毛病，又林反而對小桑溫暖客氣，不動怒寬容。

還有，又林給我臉色，不是因為我跳得比小桑差，而是因為又林知道，我對他的渴望比較多，並且我對舞步錙銖必較，認真到令他厭煩。想和他跳，卻不肯對他臣服，又林愈想挫折我。小桑不一樣，小桑是鬆的、好相處的，沒有積極的渴望，每次來跳舞都嘻嘻笑，而小桑覺得又林一級棒，跟又直又挺的小鮮肉跳舞實在很開心，總給他肯定的眼光以及長姊寵愛的讚美。

之前與我跳，小桑萬不得已跳男生，現在等於把話說破了，拆了，小桑可以跳女生，高興得很。小桑對又林捧場，又林回報小桑寬容，而我明明有所圖，卻硬是按捺板著臉，焦慮和企圖心都讓又林反感，他想玩我們，因此愈發擺姿態。

我覺得哀傷，但是我沒有別人了，現在我能選的只有他。為了有舞可以跳，為了要一直跳下去，我要先忍耐。我告訴我自己，不管又林怎麼給臉色，都要忍著，要盡可能對他釋放善意。反正有多久時間先跳多久，也許會有什麼命運安排的好事發生。

堅持夠久，的確會發生一點小變化。小桑撐不住，沉不住氣了，她覺得這樣子和我帶著嘔氣性質分一個男舞伴，沒意思了，便不來上課。又林似乎因此順理成章地，和我成為一起上課的搭檔。

不過，又林不承認我是舞伴，只說是臨時性一起跳舞的同學。但團體班的叔叔阿姨有了默契，又林來了，就自動讓位，讓又林站在我身邊練習，就這麼上了一年多的課。

只是，又林常常愛來不來，有時候來又遲到太久。他沒出現的時候，我自己跳，或者依靠他人的善意，讓其他男生有空檔時帶著我試跳。我覺得自己像隻落單的魚，在人群中游來游去。課堂上若有其他人的舞伴翹課，或遲到而暫時落單，我便主動地過去，和這種男生暫時一起跳。

跳著跳著，對方那遲到的舞伴突然現身，男生便很自然地鬆開我的手，回到舞伴身邊。我又一人跳，等著又林。

有次東尼的教室主辦國際型舞蹈比賽，晚宴及國際選手的決賽，照例都安排在晚間才會上場，但白天則不斷地會有初賽、業餘組、師生組、兒童組以及表演活動。東尼的教室希望東尼帶著這班叔叔阿姨團體班在白天的演出安排一個項目，大家覺得很興奮，開心地準備。但又林不想跳，覺得丟臉，穿叔叔阿姨買的廉價舞衣，亮片是塑膠的，還會不斷脫落。他覺得應該參加比賽，而不是和這些老人跳團康舞。練習他都不來，班長賴媽媽問我，到底跳不跳表演呢？我說我沒問題，前提是又林要跳，否則我和誰跳。

賴媽媽和又林的爸爸是多年交情，一通電話打去大陸，又林爸爸便下指令，要又林出場。又林極端地崇拜也極端害怕爸爸，只好答應，但抗議似的，所有練習都缺席，說是那種程度的舞步，他不練習也跳得起來。因此，我總是一個人站在團體中央，彷彿空氣中抱著真正的舞伴，做樣子比劃。

演出當天早上，大家要早點到會場，先彩排，又林還是沒來。

叔叔阿姨們說我可憐，也氣又林，說又林家教太差，學費總遲交，上課遲到，練習彩排都不來，不尊重舞伴，但也只能說說，不能怎樣。

下午的演出前半小時，又林嘻哈裝扮，終於出現了。賴媽媽叫他趕緊換上舞衣，站到我身邊。他正眼不看我，一句話不吭，倒是上台表演完了。

大家拍團體紀念照時，他倒是伸手摟住我的肩，對著鏡頭笑，彷彿我們是夥伴，我看著鏡頭，露出笑容。

拍完之後，又林把手收回，笑容也收回：「我要去換掉這一身便宜貨，丟臉死了。」

又林沒回到我身邊，我也不在意，穿著那身亮片一直掉的塑膠廉價舞衣，我望著台上一場一場的選手出賽。只是初賽啊，但我連初賽也進不了。我看見美心和她的未婚夫，挽著彼此上場，他們初試啼聲，東尼安排他們學經驗。然後，我回頭，看到那女生，穿著黃色棕色相間的舞衣，流蘇長長地擺動，畫著埃及豔后的濃黑眼線，頭上戴著《大亨小傳》時期的頭飾，鑲著水鑽。她吆喝著她的舞伴，然後笑開了，挽著他，上場，和別人的緊張比起來，那女生真是率性瀟灑。

我看著她，胃裡泛起湧動，眼睛變濕，我覺得我很久很久以前就好像見過她。我從位子上站起，追著要看她，他們這組一跳完，所有選手便下台退場，我被人潮推得往後走去，我深怕失去那女生的蹤影。

卻還是失去了她。

我的喉嚨好瘦緊，那女人讓我感到相識已久，有股力量將我吸過去，像是我海裡的姊姊。

06

我常想，人魚若不想死，不想走回海裡，變成泡沫，消失在陽光乍升的海天交接之際，會去哪？我若是人魚，會選擇反方向，離開海邊，走回陸地，走進人類居住的城市，用腿上新生出的兩隻腳，學會走路，穩穩地走路，學習人類的生活，去過新的未知的日子。在陸上住得太寂寞的話，就學跳舞。

我在床上讓大腿根部靠牆，抬腿，讓腿順重力向下落，兩條腿成為牆上一個V字圖案，大腿靠近鼠蹊部痛痛緊緊，我忍耐著，通常痛幾分鐘，就會稍減，又過幾分鐘，重力會將兩腿拉得更開些。這是我每天晚上的功課之一，是我在芭蕾老師那邊學到的開胯方式。

我記得我腰老下不去，漂亮纖柔的芭蕾老師直接從我背後，一腳踩下去，我腰就比較下去了。

老師很滿意：「練舞啊，沒有什麼是自然發生的，都是硬練出來的啦。」

兩腳開開搭在牆上，至少三十分鐘，我閉上眼睛，聽見血液在我的腿部流動的低低的唏哩聲音，我也聽見我的肌肉正在長大的聲音，劈哩啪啦的，像是細細的電流通過，我的微笑不可抑制地揚起，我聽見我的肌肉正在長大，我正在變強，而我的血液正在流動滾燙。

我睜開眼睛，看著我小腿肌肉線條逐漸明顯凸起，大腿前部隆起，這樣鍛鍊不知道經過了多久時間，有次我才想通，我始終沒看見到，從海洋到陸地，我的新生的器官，不只是兩條腿，兩腿相交之處，還有器官，還有池塘，還有隧道，這是，童話裡沒有說的。

我想著我有姊姊，我是從海洋來的，姊姊也是，姊姊和我同樣的性別，年齡和我相近，流同樣的血。姊姊是我身體的一部份，而且是比較好的那部份，對我沒有厭惡也沒有渴求。

人魚天性喜歡植物。我喜歡幻想風平浪靜的好天氣，人魚在海底仰望，就可以見到太陽。在人魚眼中，陽光像朵盛開的花，花瓣從中心點漩渦狀輻射開來，長成為一朵太陽花。我以太陽的形狀來布置我的小庭園，我的姊姊們也都依自己的喜好來布置她們的小花園。我想著，大姊把院子的花床布置成鯨魚形狀，她躺在上頭就覺得自己騎著鯨魚乘風破浪。另一個姊姊把花床造成人魚模樣，她當然是以自己做為模特兒。我們一有空就去廢棄船骸裡尋找寶物，用來妝點自己的小院子。

我的小院子很簡單，我的花床是一個正圓，準確的正圓，而且只種植燦爛金黃色的小花，因為我喜歡我的花床就像太陽一樣。花床外的裝飾品只有一個，是很久以前我從船骸中找到的，是個白色大理石的人類少年雕像。我把少年雕像立在太陽花床旁，不知道什麼時候開始，雕像旁邊長出一株玫瑰紅的樹，像柳樹一樣，長長的柔軟枝幹隨著波流纏綿擺動，旋律一樣，從雕像臉部拂過，又輕觸細沙，我幾乎確信那樹幹始終泣訴著什麼，那一定是太美所以哀傷的音樂。

從來就不是為了愛情而來，是為了困惑，為了靈魂，為了不朽。

我第一次看到路妮絲的舞蹈，全身發熱，喉頭發緊，眼淚汩汩而出。在那之前，我以為我是這世界裡唯一的人魚，隻身在都市生活，我看著路妮絲，知道她和我一樣，一定也是人魚，只是離我很遠。我忍不住對著螢幕伸出手想觸摸她理得短短的捲曲金髮，她強健的四肢，以及與那健壯的身體完全不同調的女性柔媚。

她像隻華麗而驕傲的鳥類，胸膛飽飽地鼓起，踩出腳步，那樣張揚而又那麼精緻，這隻鳥滿是好奇，又充滿矜貴，探頭四處望著世間一切她從沒見過的形色繽紛，一步，又一步。

「她很棒，她棒極了。」我告訴東尼，有一天路妮絲會是世界冠軍。

東尼再看了一次影片，照例擺出不置可否的樣子：「還早吧！」東尼說，布萊恩．沃森和卡門這一對，還會在黑池世界冠軍的寶座上坐上好幾年。卡門是目前無人能及的皇后，在她之前，國標舞的女孩留長髮挽髻，卡門則把黑色長髮剪短，剪成濃密瀏海的鮑伯頭，不戴太多髮飾。許多後起的舞者，為了卡門，把髮色染黑，把頭髮剪成埃及豔后一樣，渴望變成她。

更重要的是，卡門跳舞的方式也不同，在她之前，女舞者跳得花俏漂亮，「卡門像皇后一樣，她甚至在跳舞時候不太多用花俏的技巧，但是，她的王者氣質，根本沒人比得上。」

「然後，你瞧瞧，」東尼要我看：「路妮絲的重心比較高，很顯然是跳其他舞像芭蕾或是現代爵士留下來的影響，她身上沒有傳統的國標氣味。你知道黑池評審有很多很傳統的，路妮絲要贏，首先要把重心降低，像國標舞要求的那樣，她也必須去掉其他舞種明顯的特徵。」

我喜愛路妮絲的舞，正好是東尼認為路妮絲會讓自己離世界冠軍有段距離的原因吧，她融合了其他舞蹈的特徵進入拉丁國標，獨樹一幟。更重要的是，路妮絲有一種神奇的表現，她跳舞，不只是跳舞，短短幾分鐘的舞蹈，她有能力跳得像說一個故事，而且說得細緻豐富，如泣如訴。

路妮絲有次跳倫巴，短短三分鐘，她彷彿慵懶地走出家門，與情人相見，在香榭麗舍大道漫步，我感受到風輕拂，以及兩旁的落葉繽紛地撒下，是初秋的纏綿，不是難捨，我甚至聞到無語的甜蜜。因為太美太纖細，我的眼淚流了下來。

而卡門、寶拉、瑪麗娜，那些已經得到冠軍，或被看好可能會是卡門后座承繼者的，舞蹈中沒有這種傾訴的特質，只是非常厲害的身體，是非常激昂的情緒，但是沒有這種排舞與表現，做得非常細非常細，甚至連手指頭都有典故，路妮絲纖美地，不疾不徐地，在一段簡短的舞蹈中說一段故事。

東尼就是不肯讓我滿意：「就算她很厲害，但你說的這些，不是評審想看到的國標舞。她想贏，就要調整。」

路妮絲來自比利時，她是國標舞者的特例，她的學養談吐充滿知識份子氣味，強勢，喜歡讀書，行為舉止眼神與嗓音，卻充滿好萊塢早期歌舞片那種特別濃烈的女性化的妖媚，形成強烈對比。她從小多病，有一整年因病不能上學，她只能閱讀，而她的家人為了要讓她鍛鍊身體，送她去學舞蹈。自此之後，她學了各種舞蹈，芭蕾、爵士、現代舞，後來她開始跳國標舞。

剛開始路妮絲在國標舞的世界裡發展並不順遂，舞伴的關係。不是她找不到舞伴，事實上，業內好手早就發現路妮絲非常會跳。就像東尼說的，有的人是練出來的，路妮絲是天生會轉圈圈的人，重心奇穩，落地輕巧，所有的動作都在力量之上加了點個人化風格。很多世界級大選手都找路妮絲搭檔過，但是，搭檔半年一年就會拆夥，跳不下去。因為那些世界前幾名的大咖男選手非常強勢，主導編舞與練習，主導風格與美感展現，甚至服裝髮型，路妮絲偏偏也這麼強勢。

她和幾個男舞者還在搭檔的時候，台上纏綿萬分，糾纏難解，一鞠躬謝幕就彼此不看對方，不說一句話。

強者都跳成這樣了，她接下來跟誰跳呢。路妮絲找了來自斯洛維尼亞的麥可．馬勒托斯基，他只是很平庸的選手。大家紛紛看戲，覺得路妮絲已經沒人找了，竟回頭去找下一階的人。但是，路妮絲遇到了麥可，造就了天才般的組合。

麥可剛開始和路妮絲搭檔的時候，的確在舞蹈上明顯地差舞伴一截，但是，正如儒家說的，你的舞伴強，你也會變強。麥可從遜色許多，很快地變成穩定的支持者，支持舞伴花一樣綻放的忠實枝葉，又很快地，變成了一個與路妮絲搭配完整，可以表現自己男人味又不搶過女伴光芒的男舞者。

天知道，很多很多男舞者既想控制舞伴，又老是和自己的女舞伴競爭。

他們搭檔之後，很快地引起風潮，路妮絲白金色緊貼頭皮的短髮，有時尚氣質的舞衣，創意十足的編舞，還有她說話細聲細氣的嬌氣，明星風采直追卡門。

他們在黑池，歐美各大公開賽，緊追著卡門與沃森的冠軍組合，穩穩以亞軍跟著幾年。有一年，卡門和沃森在黑池宣布退休，次年就是路妮絲與麥可拿下了。

但是，東尼說的一點也沒錯，我也看出來了，他們做了某種關鍵性的妥協。路妮絲將她身體的重心降低了，除了表演秀的性質，他們減少了其他舞種的明顯特徵。正是傳統的國標舞大老期待的正統國標舞。而她做了妥協，國標舞界的傳統回報她以名利，她和麥可贏了。

當年和她翻臉，排名比她高的男人們，被她甩到後面去了。

又林的爸爸想見我。

又林說，爸爸從大陸回台灣，有半個月休假，知道兒子現在多和一個女生練舞，想親自了解女生的程度。

他又說，他爸爸一聽到我是跟著東尼的學生，益發感到有必要親自檢視我的程度，才知道我們適不適合繼續跳下去。

又林說這話時目光閃爍，帶著促狹，在我眼裡可以預見，再過幾年，這份少年的促狹就會變成成人的惡意。傲慢的少年提出傲慢的要求，我不禁猜想，又林這種傲慢，不是出自他的自我感覺良好，而是出自遺傳的無禮而已。

你家爸爸想面試我就是了，想看看我配不配得上兒子。

我微笑，點點頭：「當然好。」

星期天的上午，又林和我相約在南京西路我從沒去過的舊城區街角先會合，因為又林爸爸要帶我們去的地方，我根本沒聽過，也不認識這城市老舊的這一邊，我只認識城市新發展的新區塊。我倒是驚訝，年紀輕輕的又林，對眼前這些繁華已經褪盡、比自己老上許多的舊街區街道，那樣熟悉。想必常和爸爸來這區的舞廳舞場，我聽過東尼說，他的爸爸也在舞廳教學生。

在舞廳教學生，不需要和教室創辦人抽成學生的學費做為場租，只要買張入場券。但舞廳的歷史承繼舞禁時期歷史悠久的男女情意偷戀，成份複雜，昏黃陰暗，跳舞的男女，偶遇的情人，幽會的貴婦，臨時的老師學生，大家分不清彼此，通通在一個廳內摟著彼此跳舞。那和我在東尼教室的燈光明亮，窗戶大開，充滿年輕選手拉筋劈腿，對鏡猛練基本步，準備奧運般認真的競賽態度與汗水，完全不同。東尼怎樣都不肯進舞廳舞場教學生。

又林在九點的陽光下，看起來就像個尋常的好看小男生，數字T恤、垮褲與棒球帽。他在路口回頭看見我，竟然露出燦笑。金光灑在他身上臉上，讓他看起來像個清新少年。這時的他，完全沒有平常在舞蹈課對我怒目、不耐煩、給臉色看的惡意暴力，只有滿滿青春正盛的金光美好，對我的笑，也是鬆暖和煦的。

我有點傻掉，被這畫面感動，但是我，骨子裡不相信這個少年，也不能完全相信眼前這個畫面。

又林接到我，領著我走，穿過尚未開張的西餐廳、乾貨店，在二輪戲院旁邊的巷子右轉，下個巷弄經過宮廟，再從銀行的邊門轉出，出現了另一條馬路。又林的爸爸站在一棟商業大樓入口處，還有，又林的哥哥與媽媽都來了。

我嚇住，考核舞伴需要這大陣仗全家出動嗎？

我不禁退後了半步。

我悄悄抬頭看又林，又林頭低低附在我耳邊安撫：「我們常常全家一起上舞廳，只是今天約你一起。我哥偶爾也會帶他同學或女朋友一起，和我們全家跳舞。」

我之前沒進過舞廳，不知道這種靜謐衰退中的老城區裡，竟然有舞廳，上午九點就滿滿是人，燈光昏黃好似傍晚，不是有人正在戶外吹風曬太陽吃美式早午餐的週日早晨。我跳舞的地方只有和東尼上個人課的舞蹈教室，還有團體班上課的運動中心，我當然知道，正式比賽或大型演出，國標舞都選在大飯店的宴會廳或體育館。但是國標舞的舞廳，我只是偶爾聽過，想都沒想過是什麼樣子。

又林的爸爸站著打量我，眼睛睜得圓大，眉毛粗而逆生，哼了一聲，算打過招呼，便領著大家進入那棟樓，原來要下樓到地下室，才是舞廳。下樓梯後，眼前一暗，我什麼都看不見。眼睛適應後，才看到有橘紅的燈，還有音樂，以及好多人雙雙對對在跳舞。我對著眼前的一切，津津有味，動彈不得。這樣一個日常的時光，城市的某一個衰敗角落，有一個小小的舞廳，許多人聚在舞廳裡頭，黯瘖無聲的曖昧粒子，在空氣中飄浮，有人緊緊相擁，有人則是師生。不過，這裡的人，多數是和又林父母年紀相當的人，一對一對的，對照鏡子調整姿勢，還有三三兩兩聚在一起討論的。

整個舞廳處在一個昏黃而秘密的氣氛中，像是某個黑暗社團的秘密集會。又林全家進來之後，又林和哥哥以及我，看起來像是這舞廳最年輕的意外訪客。

不，只有我是意外的訪客，又林和他哥哥熟門熟路的，顯然常常跟著父母來這裡。我一直覺得忐忑不安，只因為又林老顯得比平常我見到他的樣子親切收斂，沒發脾氣，也沒給我臉色看，連我想上廁所，他竟然帶我去，還溫和地在外面等我，既沒吹氣瞪眼，也沒不耐煩地走開。

又林要我快點換舞鞋，要開始練習。

「練……習？在……這裡？」我囁嚅著，我從來沒在明亮教室以外的地方練過舞，而這裡很暗。

「跳……跳什麼，在這邊？」

「快點，我爸在等了，我爸要你跳什麼你就跳什麼。」又林焦急地小聲催促。

又林的爸爸比又林還跩，有種頤指氣使，我這才醒悟，原來又林今天一整天像個普通的生怕出錯的小孩子，是因為他的父親在。又林怕他爸爸，所以很本份，話都不敢大聲講，不像他平常囂張。我觀察到這點，有種得意舒暢，你也有今天，但很快地注意力轉到又林爸爸。

又林爸爸要我走基本步給他看。我靜靜地，要自己只專心看鏡子裡的自己，要忘記這個時空，忘記這些人，要忘記又林，只有我自己。因為昏暗，我發現鏡子裡的自己，眼睛像外星人閃著藍色磷光，長頭髮垂在肩上，臉看起來比平常更瘦更尖。我對鏡子裡的自己輕輕點了頭，像是承諾對鏡子裡的另一個自己，永遠親親愛愛。

接下來，我便開始朝鏡子裡的自己走過去，來回地展現我的倫巴基本步。

又林爸爸看著我走基本步，不發一語，過了一會兒，他要又林和我也一起走基本步。

又林爸爸沒說任何話，沒讚許，也沒罵人，只是看著。一首曲子結束後，他要又林和我搭著，做手下轉、前進後退、阿里馬那轉圈，這些雙人式基本舞步。

換了一首曲子，音樂開始時，又林爸爸直接牽過我的手，越過又林，他和我跳起恰恰。我想，他想測試我的身體感。

他測試我，我又何嘗不是測試他。我的感受是，又林爸爸拍子準，但身體傳來的感受是急且躁的，他喜歡在動作的起始拍點上，習慣性地添加誇張的小動作，那是東尼一再告誡班上的叔叔阿姨要戒除的，因為那會顯得很土，不高級。

我跳著跳著心想，又林爸爸並沒太厲害啊，怎麼會跩成那樣。頂多，就是只是會跳而已，為什麼班上的阿姨媽媽們那麼當他一回事。說不定，是舞者只要自信，很自信，只要氣場比人強，人家就以為你有威嚴，或真有點什麼。

又林爸爸和我搭著跳完，又要又林和我一起跳，他想看東尼教了什麼新舞序。又林哥哥長得比弟弟英俊而桃花，比較白，眼睛大又亮，比較笑臉，他看起來像是這個家裡唯一本質上友善可以溝通的人。

又林哥哥在玩手機，又林媽媽和別的舞者聊天。

又林爸爸看著我和又林跳新舞序，不置可否，自負地胸前叉著雙手，我看他明明打算評論什麼的態勢，但終究什麼也沒說。

中午舞廳休息時間到，我們走出那秘密昏暗的舞廳，正午的強光射進眼睛，一時間，我們所有人都瞇上眼睛，陷入沉默。

再張開眼睛，就回到這都市的現實。

他們帶我去一家老式牛排館，用的是四十年前流行的那種西餐廳瓷盤與水杯，湯也是古早流行的玉米酥皮濃湯。相較於又林爸爸對我觀察得露骨又密不透風，又林媽媽對我毫不關心，也不太關心兩個兒子。她只是頻繁地撩動自己的長髮，我看不出那是刻意，還是習慣性地放送女人味，她不停整理露肩低胸深紫色上衣，忽地又把長髮甩到另一邊肩膀，她用單手撐著臉，唉地輕叫一聲，撒嬌向又林爸爸嚷著，今天晚上要去哪，要約誰吃飯等等。

又林爸爸對又林媽媽明明非常寵愛，但又想隨時擺出不可一世的大男人大老闆狀，想顯示自己隨時可以使喚任何人。因為偏愛大兒子，又林爸爸所有的嚴厲都衝著小兒子來。

難怪又林怕爸爸，不過，我覺得他活該。難怪他隨時給人臉色，操弄別人，隨時都有怒意要爆發，是不被父母偏愛的孩子的典型症狀。

我發現又林媽媽的皮膚好白好白，眼睛細細長長，畫了深深眼線，對自己的媚態很有自信。又林哥哥一定是隨了媽媽，皮膚才這麼白，但哥哥的個子隨了爸爸不高。又林比較黑，個子卻像媽媽長得高。

我還發現，又林媽媽不斷地對丈夫嗲聲賣弄性感，不因兒子在場而收斂，兒子一點也不感到困擾，只是，她雖然嗲聲，開了口，卻是個大舌頭。特別是急急說話的時候，口吃更為嚴重。

他們整家人都像是從提姆·波頓電影裡走出來的角色，明明看起來是個尋常家庭，但每個成員的行為細節，又透露隱隱古怪。又林哥哥是唯一和善的正常人，只有他會和我正常地對話，沒有姿態或怒氣。

不過，又林哥哥卻是這個家庭裡唯一不跳國標舞的人。

「我小時候和爸爸媽媽學過，也會跳一點，但我不想繼續練下去，又林繼續練下去了。」又林哥哥笑起來左邊臉頰有小小深深的酒窩。「當然我還是跟著全家一起上舞廳，我和我女友也會跳，也喜歡跳騷莎，最近年輕人舞廳流行跳騷莎，我爸爸也很愛跳騷莎，這是我們家庭活動，下次你再來的話，我也帶你跳一兩首。」

又林爸爸飯吃到一半，突然對我說：「你拍子很穩，你們可以一起多練。」

算是對我認可了吧。

我發現，又林哥哥和我聊天，又林一直警覺而不滿地盯著哥哥和我。有點意思，我和又林之間，說不定也不是那麼一定會老是他在上我在下，為了跳舞。

在路妮絲之前，我還曾經戀慕過維多利亞．法蘭瓦。在路妮絲的竄起之後，我有自信地和東尼分享維多利亞的好。東尼說，她排名還不到前十，最好也只到第七第八，差太多吧，深表對我眼光的不以為然。

我搖搖頭，很堅定，她有種深陷戀愛中女人的纏綿，她的舞，就是那樣。「倫巴，你看她的倫巴。」

東尼這次根本懶得理我。

一週後我們上完個人課，東尼清清喉嚨：「那個維多利亞，是不錯，倫巴很不錯，但就這樣了。」

「呵，我有眼光吧。冠軍亞軍的，誰都會看出好。後面一點的，要真正會看的，才會看出。」

我還跟他說：「你等著，我正在期待著里加多．柯奇，他和他的舞伴威爾金森，那個比他大很多的，原本是他舞蹈老師，跳著成為舞伴，又成為未婚妻。」

「你不用等著他了，他們拆夥了，他甩了他的舞蹈老師。現在不知道會找誰，還要一陣子吧。」

東尼回到維多利亞：「但是，她不是路妮絲，我非常肯定她的舞蹈生涯就這樣了。」

「你怎麼知道？」

「她跳十年了，和同一個舞伴，很明顯的，她的舞伴康斯達爾跳得沒她好，而她一直沒換掉他，非常忠誠，他也絲毫就沒有進步。看來她不可能換人，既然死守著原來的這位，她的生涯不可能往上了。」

我也問東尼，倫巴、恰恰以及我最喜歡的捷舞，都是男女之情，跳著跳著，在那當時演練的，也就是男女之情了。你怎麼做？「演戲啊，舞蹈是表演，戲劇也是表演的一部份。想著愛，就是愛了。」

「沒有不是的嗎？」

「義大利的菲力波雙胞胎姊弟檔，那樣敏捷快速簡直像機器人一樣同步的高級技巧，很驚人吧，但是，觀眾們評審們知道他們是姊弟，姊弟一起跳就怎樣也演不出男女情愛，姊弟之間你要他們硬去演出男女之愛，只怕他們演不下去。演出來了，才真會惹惱粉絲與評審吧！他們就一直停在這個名次，上不去。因為，很厲害，也拿到很厲害的分數，但不美麗，不纏綿。」

菲力波姊弟檔停了一陣子，幾年後，弟弟重新出場比賽，舞伴已經不是姊姊。

07

東尼說，他找到新的舞伴，等會兒我們的個人課上完，舞伴會來找他練習。

我收拾背包的時候，看到她進來，東尼介紹我們認識。

我訝異於緣份，那正是在比賽人群中讓我覺得似曾相識的女孩，那個穿著黃棕亮片舞衣，眼睛畫得像埃及豔后，在等待比賽的隊伍中大笑的女生。

東尼說她叫光希。

這一年多來，東尼換太多舞伴，我也不知道光希和他能搭檔多久。

光希的身形和之前的子恩相似，修長高䠷而有彈性，但是東尼這段時間，受挫太大，我看得出來，他後來對誰，都沒有當初像對子恩那樣厚待殷勤。

東尼有次警告我，說他知道我想和又林成為正式搭檔，也想找他一起上特訓課。

「你絕對絕對不可以幫他付學費，你要讓他覺得自己想來上課，自己想和你一起學下去。你幫他，伺候他，他不用付出代價，就益發看不起你，視你的辛辛苦苦為理所當然。」

我說我明白。

光希很好相處，並且對我友善。我想，態度上關鍵的差別，在於光希不把自己當做舞蹈圈人，她甚至沒有身為舞者的認同與自覺，有時候更像是，沒有抱負。她自覺像圈外人，其實心態上是不願意當圈內人，因為不希望自己的人生重心只有跳舞這一項，她對舞蹈以外的世界，有更大的興趣。她會和我說瑣事，《復仇者聯盟》、薑黃的療效、克萊茵藍的發明、燙髮後的照護、威廉王子眼睛的藍是什麼藍。她和教室裡的誰都友善，都會大器灑脫地笑，我從來沒見到她為了某種比賽緊張得吃不下飯，也不曾見她立志要拿下哪場冠軍。這也許是她能和多數教室裡頭野心勃勃的選手都處得來的原因吧。

但我覺得，在她大剌剌的作風下，有股柔柔綿綿淡淡的哀傷，像輕輕的旋律，因為真正哀傷，所以便覺得，跳舞或者人類社會其他的競賽，根本沒什麼好爭的。

東尼和光希去比賽，我會跟去看。東尼和光希去商演，我也會繞去加油。東尼還是和我吃火鍋喝咖啡，光希偶爾也找我，但他們兩人很少以一對的狀態約我。東尼對光希也許還有所保留，也許不希望我一下子和光希混太熟，因為他對他們搭檔的未來沒把握。

光希有天晚上告訴我她過往情人的故事，當做鬧劇講。戀愛的時候，她還是大學生，男人二十八歲。當然從我現在的年歲覺得，當時的光希以及男人都不到三十，都仍年輕。光希覺得男人對她逐漸變得奇怪，她不是很清楚男人想要離開還是生氣，他講話酸她，也老在言語中暗示她和別人勾搭，說她輕浮或隨便，有時候不是酸，是傷人了。有時候她想伸手碰他，他避開，表情嫌惡，也有幾次，她伸手想碰他，他推她，或者，順勢將她拉過來從身後反手壓制她，像動作片裡頭警察押犯人似的，他用力扭到她叫出聲，才鬆手。

她因此更加小心翼翼，每次吃飯她都付錢，生怕刺激到他。她告訴自己，男人也許幻想或焦慮她有其他追求者，是吃醋才發脾氣，就像她以前也會擔心自己魅力不足，老是和前男友鬧脾氣那樣。她了解的，憂心也歡喜，那種怨氣自己也有過，也是愛啊，儘管那種怨氣也來自無能，害怕失去又無計可施會化成怨氣，忍不住去傷害愛人。

也許，那代表他愛我，光希這麼想，所以應該忍耐與包容，男人只是吃醋，以及只是時運不濟。

他持續地虐待她，偶爾又會釋放一點關心，問她：「你的身體最近好嗎？沒事嗎？」

她喜出望外：「當然沒事啊，怎麼突然問我身體？」

過了幾天，他又問她：「你的身體最近好嗎？沒事嗎？」

她說沒事。但過了幾天他又問她身體好嗎？

她開始疑惑，但還是說沒事。

男人推了她，厲聲罵：「你這個行為不端犯賤的人，誰知道你和誰瞎混亂搞，髒死了你，不要臉的東西……」

她的眼淚在驚嚇中迸出來，委屈且不明所以，他的話說得這樣難聽惡劣，還有他說這些話的表情的憎恨。但她還是忍著，想弄清楚是不是發生了什麼誤會而她不知道。

她耐住委屈，誠懇地看他的眼睛：「只有你，一直只有你，你為什麼要說這樣的話？你明知道的。」

「誰知道？」他冷笑：「誰知道啊？」

她的眼淚簌簌流下，委屈，難堪，覺得自己被欺負，但又想解開誤會，儘管是單向的。

「賤，髒死了，你有性病啊，你有病，還敢碰我！」

她驚愕地張大嘴，發不出聲音。她上課，寫論文，打工，等待他。他來了溫存後，就把她的錢拿走，交他的房租，付他的生活費，反正他知道她家境好，再不濟也有家庭供養。她知道他心裡覺得，她出身比他好，她有的歸他也不算違反道德或社會正義。

她身邊有了一點剩餘他就取走，而他還污辱她。

「你怎麼可以說我得性病，我……」她失去力氣。

「你就證明你沒有性病啊，你去驗清楚，醫生說你沒有我才信！」

「我到底哪裡讓你覺得我有性病你這樣鬧？」

「看，你不肯去醫院驗，這就代表你心虛。」他又推她，她往後踉蹌忙著站穩。「你下面髒死了，我們上次在一起，還有之前，我上面都是你白白的一大塊，分泌物，你真賤，還說不是性病，噁心死了。」

光希聽懂了，想哭又想笑，結果她又哭又笑。

她覺得好笑了，她愛一個人太衝動嗎？忘了看看對方的智商與常識，結果愛一個腦袋空空的匹夫。那是她的白帶，女性壓力大的時候，白帶會變大，甚至成塊，婦科醫生都開玩笑說那是「起司」。

「得性病你還有臉笑，果然賤。」他又推她，推了轉身要走。

她半哭半笑地哀鳴，覺得自己陷入一個可笑的鬧劇，而這荒謬鬧劇的起因還是因為她自己，誰要她喜歡上程度這麼差知識這麼低的男人。她才弄懂，男人，這個愚蠢的男人，這幾個月來不停欺負她，攻擊她，是因為把她的白帶當成性病感染，懷恨在心。但欺負她是一回事，她的打工錢，他還是定時來拿，同時腦補她的淫亂。

她笑他的無知，健康教育的弱智，她笑自己喜歡上自己看不上的人，她的驕傲自尊讓她覺得，自己降格以換愛，這個關係太久了，應該要停了，這種場面太可笑了。

但她伸出手，拉住他的手臂，吞下笑容與眼淚，心想男人也許不懂女人生理：「那是白帶。」

「你白帶個鬼，你當我沒知識，以前沒過女人，那麼一大塊噁心……」

她心裡的聲音暗罵「你就是沒知識」，但她同時也有罪惡感，不該輕視自己愛的人，於是好好柔聲對他說：「是白帶沒錯。壓力大的時候，或是穿牛仔褲悶住太久，會生出白帶，凝成一塊，像起司或是像沒泡開的奶粉。不是性病。」

他回頭罵她：「總之你就想避開自己濫交，要不然你為什麼不敢去驗性病，醫生證明啊！」

她又快哭出來了，點點頭：「我可以驗啊，去哪驗？這種病去哪驗？」

他盯著她，有點得意：「你現在就去驗。」

他勝利在望，推她上他的摩托車，停車之後幾乎是押著她進醫院，推她進門。掛了號，她耐著性子等，也許男人這堂健康教育課的代價比較高，由她來付。她不知道是男人無知指責她有性病她比較難過，還是男人一直動手推她，她的自尊比較受傷。

她給醫生做內診，也驗了血，一週後看結果。

她傻到沒有多想回頭問一旁的他：「你要不要也驗一下，都來醫院了？」

她覺得要不是醫生護士都在，他會衝過來打她。他對她怒目，從牙縫裡擠出：「我才不用。」

出了診室他一路忽視她，她小碎步地跟著他走，他說他有工作，自己騎上車，要她自己去搭公車。

光希的眼窩很深，像西方人那樣，整個凹陷進去，她說完白帶的故事，就開始玩她的長捲髮。我們坐地上，我喝可樂，她喝運動飲料，我們還有洋芋片與生煎包還沒吃。但她沒打算立刻吃東西，問我房裡有沒有指甲油，我找了一瓶罌粟紅色的，問她可以嗎？她很開心，說喜歡那顏色，便開始給腳趾甲上色。我丟給她一個小墊子踩著，比較容易上指甲油，她看起來自在得很。

我也跟你說個白帶的故事喲，我告訴光希。

我媽媽是女人，是女人應該知道白帶是什麼吧。

從我對男女之事都還什麼也不懂的時候，我媽就嚴防得滴水不露，像是我露出了喜歡上繪畫課的興奮，而繪畫老師剛好是男生，她就把老師退掉，要我去隨老太太畫梅蘭竹菊。中學的時候我媽也會跟蹤我上學，我回家後指責我，在圖書館的時候和鄰桌男生說話，「不要臉跟臉靠在一起」，她講這話的時候，帶著殺氣，但嘴還是微笑的。我猜想我媽又推測，其實我早就什麼都知道，也甚至都試過了。事實上我根本不懂，我甚至不懂我自己的身體。我媽把我當做隨時準備為惡的人，因為我就是身懷著武器，我想那應該就是我的性什麼的那些吧。我媽極度想知道關於我身體的一切，如果有可能的話，我想她想將我的身體拿去由她控制。我常常想，我的身上明明有心臟，有肝腸，有胃，有脾臟，她為什麼一點也不關心這些器官，只關心我的性器。難道我的存在唯一重要的就只是我的性器嗎？

我的健康，我的情緒，我的靈魂，如果人類真的有靈魂的話，好像都不重要。我的存在唯一的意義，只在我的性別；我的性別唯一的意義，是性。

性對我來說，始終是暴力而入侵的，不是男人讓我明白的，是我媽讓我明白的。

我媽說愚蠢的女人才進廚房，她竟讓自己落入了進廚房的命運。

她每次在廚房做飯，就不停抱怨，為了餵養我，她的時間都浪費掉了，必須置身在鍋爐與油煙之中。我覺得自己很糟，覺得是我吃掉了她的人生。食物從來就不是滋養，食物是毒，是我毒害我媽人生的工具。我總是吃得很快，因為我媽說，快點吃完她才好清理，我吃得愈慢，她被浪費的時間愈多。

可是我爸在家的時候，我媽就會做很多好吃的，那些我爸喜歡吃的，多數是海鮮。

我告訴光希，看現在，我可以這樣和你吃零食，我很快樂。但多數的時候，我喜歡一個人吃飯，獨自進食讓我輕鬆。

晚上我媽會在洗衣室的洗衣籃中，翻揀我的衣物，主要是內衣褲。我一直不覺得有什麼，媽媽把衣服分類丟洗衣機，翻揀衣服應該是正常的。但我媽翻我的內褲，有種宣示所有權的意味，反正我沒有任何能力可以離開家，我是孩子，沒有獨立的機會，而且我的疆界概念早就變得很模糊，或者是從來沒被建立起來過。

當然，這是我現在才有能力使用的語言。

有天我媽喊我過去。

我媽從洗衣籃翻出我的內褲攤開，恨恨地質問：「這是什麼？」

「什麼什麼？」我矇矇朧朧。

「我問你這是什麼？」她瞪我。

我看了一下，白色塊狀的凝結物，大塊的，我常常有，為什麼今天她要生氣？

「白帶啊，不是白帶嗎？」

「是男人的穢物吧！」她說。

「明明就白帶啊！」而我是處女。

「你胡說八道。」

有點尷尬，光希沒說話，我自己哈哈大笑起來，東倒西歪，光希也跟著呵呵呵笑，倒在我身上。

「所以呢，那次，後來醫院驗出來結果怎麼樣？」我問光希。

「廢話，就白帶啊，小心不要悶著你的小妹妹啊，保持乾燥之類的，當然不是性病。」

「那男人怎麼說？」

「那男人要看報告，看了什麼也沒說。」

「他看得懂嗎？」我樂不可支。

「是啊，真是個學歷差的沒讀過太多書的，常識也沒有。」

「我媽讀了很多書，而且她是醫學院畢業的，把身體看穿穿的，她比我懂多了。但她對我，總之，跟我有關的，她根本沒想過要使用她的腦子或知識，就變成動物本能了啊！」

「翻內褲查看分泌物，確認主權這件事，那個男人，就說我有性病的那男人，跟我說，他太太也會做同樣的事。每天早上翻看他前一天換下來的內褲，而且一定要當他的面翻看，宣示意味的。」

「他有太太？」

「嗯，那個時候有，現在不知道。」

「國標舞最好玩的是什麼？」光希問我。

「可以順理成章地和人抱在一起，搔首弄姿，蹭來蹭去，扭來扭去？」我一邊刷牙吐著泡泡一邊說。

「是舞衣。」光希說了她的版本。

「啥？」

「舞衣。」光希的表情如夢一樣，像在深海裡頭閃閃發光的海草：「我是為了舞衣才跳國標舞的。

「閃閃發光，那麼多刺繡流蘇，水鑽首飾，那樣大量的亮片，身肢擺動起來，流光之中，像是海底的魚類游泳，熒熒發光，琉璃燈轉，顏色不停變換。還有，是不是像極了，海底那些，那國家的，他們身上那些，燦爛的鱗片。」

我照例很晚仍醒著，光希大手大腳睡在我身邊的床上。我翻身，見她蜷著身體縮成一團，我逐漸讓自己靠近她。

她在睡夢中不知道是不是感應到什麼，面朝我的肚子靠了過來。比我高的人，卻縮著窩在我身邊，背部鼓起，頭頂靠著我的肋骨下緣，下巴靠近膝蓋，膝蓋抵著我的腹部，紫色的腳趾輕觸我的腿。

我摸她的背，輕輕的，一下，又一下，哄著她似的。

這畫面，倒像是我懷著一個孩子光希。

08

經過這麼久再想起來，跳舞那段時光是我人生最快樂的一段，而那些快樂都是一次細細碎碎的片段珠串織成，充滿顏色與流動，汗水的氣味與音樂的包圍，飛揚的裙角與肌肉的力量，還有向上的渴望，追求著什麼極限的興奮。

東尼有次幫我上倫巴課，倫巴是拉丁舞之后，因為所有拉丁舞的基本步根源，都來自倫巴，只要倫巴跳得精準踏實，要繼續變化跳出恰恰、森巴或捷舞，才有基礎。厲害的選手也會在每天練習的時候，先沿著教室四周走倫巴步，先走兩百步。

因為學過芭蕾，我雖是肉腳，但我的筋拉得非常軟而開，東尼原先不知道。那天演練他編排的倫巴舞序，有一動作是他在我右邊側臉對著我彷彿渴望女神一樣地看我，身體則做我的支點，我正對前方鏡子，用右腳支持，左腳迴旋踢了一圈，往頭頂上抬起，簡言之，是站立著的半套劈腿。

東尼說，你不是專業的，往上抬到一百二十度就好，然後，身體轉側一點好看。

我輕輕地，配合音樂，往上踢抬到一百二十度，等拍子，我必須對鏡子做出定格，眼神從左腿移到正前方，彷彿眺望遠方，渴望而驕傲地等待著愛情。

東尼露出讚許的神情，說，你定住不要動，他試探地把我抬舉一百二十度的左腿，用手指撐住，輕輕再往上抬，發現我還可以，又再抬一點，結果一路抬到一百八十度，我的左腳幾乎貼著我的太陽穴。

「哇哈，竟然可以，太好了，你好軟啊！」他很高興。

他把手慢慢放開，讓我自己單腳支撐，我做到了。

我也好高興，咧出大大寬寬的笑，但很聽他的話，身體不動，左腳還支撐著抬在頭旁邊，右腳單腳站穩，腹部吸引，胸膛挺直，左手輕拂自己的腿，露出舞者站在舞台上，定格可供拍照的尊貴表情。

「你月經來了喔？」東尼突然低聲說。

「什麼？你怎麼知……」我還癡癡望著鏡子裡頭美麗伸展的自己，驕傲的臉。

「你的翅膀露出來了啊。」他指指鏡子，要我看。

一樣看鏡子，此時我的視線才移到我伸展的兩腿之間，我在小黑舞裙內，穿著我的小黑四角安全褲，小褲褲的兩旁露出兩塊白色的翅膀，折彎皺皺地探臉，因為裙子褲子都是黑的，小翅膀更明顯了。

東尼噗哧，接著大笑出聲。

我從尊貴驕傲的鳥，突然滿臉通紅，扶著東尼，立刻把高抬到頭的腿放下來，猛地離開鏡子與教室，跑到廁所把自己關起來。

我在馬桶上坐了很久，又羞又惱，小褲褲脫下了又穿上，皺皺的衛生棉翅膀也就這麼繼續黏貼露了點臉在小褲沿，我也不能把它撕掉。坐了好久，我決定出去面對現實。吸口氣，走出廁所。

東尼笑咪咪，遠遠地等著我，等我走過去。

「哎喲不要害羞啦！」他皮得很。

我的耳朵又一下子熱了起來：「剛剛，教室裡頭，很多人看到了吧……」

「才沒有，教室裡的人都在練舞，你知道的，大家一練起舞，就很專心的，只看著自己，沒人會看別人。」

「真的？」

「你還想再練剛剛那個動作嗎？」他好整以暇地說。

我想起衛生棉還在褲子裡，忿忿地回嘴：「不要了啦！」

還有很好玩的，搔首弄姿，我一直都不會，要東尼教我，舞步裡頭很多看起來像即興的、突發的擺弄風情，手摸臉或腰臀，撩起舞裙，但我不知道該怎麼做。起因是有次在排好的舞步中，中規中矩跳著，在一個兩人都靜止，肢體開展的動作中，東尼突然下指令：「現在，摸頭髮搔首弄姿一下，加點花俏的小動作進來，我停格，你加點變化。」

我呆呆地看他，他不可思議地看我，不耐煩地催：「快點！」

「我……不會……」

「撩個頭髮，摸自己啦，扭扭也可以。」他急了，因為這兩小節音樂要結束了。

我還是呆愣。

他不高興，放下舞蹈，暫停音樂，質問：「這簡單的小動作，有什麼難的？」

「我真的不會。」

他臉變臭，學生不認真他常會這樣。

「你教我吧，請你教我，搔首弄姿該怎麼做。我想學。」他生氣，我覺得委屈，我不是不認真。

「什麼啦，就女生平常生活中會做的那些搔首弄姿，就摸你自己啊，你怎麼可能不會！」

「真的，真的是不會。你教教我……」我哀求。

他的小眼睛瞪著我，下三白明顯，一下子後吸口氣，彷彿才判定我應該不是撒謊，應該真的不會。

他走到鏡子前，將他所說的「平常生活中會做的那些搔首弄姿」，像平常教我新舞步那樣，分段按一動一動解釋：主要流程是你摸自己的頭髮，順著摸臉，手滑下，滑過脖子，摸胸，摸腰，臀搖擺，像基本步那樣成八字形擺，然後手上來突然半拍往上向上打直，回到原來隊形……

音樂下，他把這些分解動作連結起來，其實也就兩拍，連續流暢地做完。

他說，扭臀時女生可以順便撩一下舞裙，看舞裙的設計長短，可以這樣運用。

喔……我眼睛發光，好崇拜他。

然後我對著鏡子，一動一動地學習搔首弄姿，一、二、三，摸、摸、摸，和扭、扭、扭，一動一動做確實了，連起來慢慢做連續動作，熟了加快動作，在兩拍內完成。

他點點頭。教我另一個搔首弄姿法，主要是剛才那樣，但撩頭髮，是越到臉另一邊，頭一甩，手從那邊的脖子滑下，在胸前摸回另一側，順著腰手蹭下去。要記得像基本步那樣以腹部為中心，膝蓋半彎，扭腰臀。

我自己對著鏡子練習。

東尼說：「究竟怎麼搞的，你怎麼會要我這個男人來教你這個女人怎麼搔首弄姿……」

我聳聳肩，很抱歉：「對不起，我真的不知道怎麼做……」

我很開心，東尼教我搔首弄姿，我好開心。

他禁止我穿某件白色T恤上團體課，原因是那件T恤讓我胸部看起來很大，而且跳舞的時候，胸部彈上彈下的，非常惹眼。

「就是一件白T恤啊，我不是一直穿白T恤上課嗎？」

「我不知道那一件的材料有什麼不同，總之，你上團體班的時候，叔叔阿姨一直盯著你的胸部彈上彈下，你若想在團體班繼續混下去，就不要再穿那件來了，叔叔若一直盯著你的胸，阿姨以後就會找機會修理你，你在這班上就混不下去了，你不懂這些團體生活的道理嗎？」

我覺得東尼好了解人啊，我真是少根筋，他周旋在這些女學生中，真是明白許多事。還好他提醒我。

我們常常討論舞衣，出賽選手不是只會跳舞，還要有多項的能力。選音樂，舞蹈與音樂的互相詮釋性，編舞，研究俄羅斯、義大利、荷蘭、英國不同地區的新趨勢，上網做功課，儲備大量資料庫。舞衣也很重要，以舞者的身形去設計適合不同人的舞衣。

拉丁舞重視腰臀，身體中段的力量與擺動，重心要壓低，「像腳要踩進地裡去那樣」，首要的是，舞衣若展現舞者這方面的身體特色與舞蹈能力，會佔便宜。也有些舞者，有時尚企圖的，有能力把自己想傳達的，結合服裝的設計，做整體的視覺規劃。路妮絲就是這樣了不起的一位。

卡門的裙子都偏長，有幾套流蘇甚至長過膝蓋，這很少見，她代表的是一種傳統的不賣弄風騷的性感，是王后的尊嚴。里加多．柯奇甩掉他的未婚妻老師後，和尤莉雅搭檔，尤莉雅甩掉原來的平庸舞伴。尤莉雅的氣質像明星多過舞者，她穿柔美女性的舞衣，長長的金髮梳得緊繃，成大大的髻或綁高馬尾，眼角像要飛入鬢角。即便她還跳得不太好的時候，她就像演員一樣讓人難忘。

我們常常看著影片，不只觀摩舞蹈，也看音樂編舞，還有新的髮型與服裝。

子恩穿的舞裙很短，多是偏直筒的，或者露很多的流蘇帶印地安風味的設計與頭飾。因為子恩腿長，肌肉長得優美，跳舞的時候肌肉的變化更添美感，東尼要更凸顯子恩這方面的優勢。光希則是小蓬裙的設計多，和子恩類似，因為她們的身形剛好都是同一類。東尼把我的萊卡練習裙用雙手拉出，緊緊包住我的下半身：「你看，四肢很漂亮，但後面根本沒有屁股。這種舞衣，可以展現優點，掩飾你沒有屁股。

「若有一天，你真的上場比賽或表演，可以直接借她們的舞衣穿，我幫你借。」

東尼不喜歡有一陣子流行的一九二〇年代《大亨小傳》中爵士年代式的復古女生髮飾，他覺得醜死了，我覺得挺不賴。他也不喜歡那些運用全新材質，拼接設計的硬挺舞衣，因為「看起來不像舞衣」，不會隨身體擺盪，他傾向以傳統常用的多層次紗裙流蘇與亮片為主，我告訴他但那是最新的時尚流行，時裝雜誌裡頭最近常介紹，那個舞者肯定很用功，結合了前衛時尚與國標舞衣，值得稱許。

「醜死啦，有什麼用。」他說：「大抵說來，傳統的路上加點變化，但還是傳統的脈絡，這樣子比較好。」

「比較容易贏吧？」

「是啦。」

我想過，如果東尼的性向不同，我可能就沒辦法和他這樣親密，光是教我跳舞，我的身體就會對他排斥，或至少有所保留。有性的問題，我說的不是性吸引，吸引是一個問題，但是反向的，討厭也是負面的性吸引，都會讓我沒辦法和他變成這樣的朋友，我也不會有這樣一位老師。

我媽其實對我的擔心是多餘的，很早開始，我就不太能讓男人碰我。不是我沒有欲望，我有的，甚至常有突如其來焚身一樣的欲望，只是，當真實的男人的手伸過來觸碰我，親吻我，甚至讓我聞到他渴望的氣味，那一瞬間，我焚燒的欲望就倏地冰冷，一點也沒有辦法興奮，絲毫不能繼續。

我以前和異性戀的老師學舞，是個國立大學畢業白淨的斯文書生，但開了口就知道其實是個鄉氣的年輕人。性的感覺微微的存在，對許多跳雙人舞或進入雙人搭檔的人來說，微微的，性的感覺，可以讓事情開展順利，會有種輕巧奇妙的刺激效果。但是，我不行，儘管只有那一點點性的感覺，都讓我感到鞋裡進了小碎石般的難受，我無法敞開我自己的心去學習，就連上課身體也僵硬，我感到苦惱而浪費錢，當然他也不是那麼厲害。

因為是東尼的狀態，我可以免除性的誘惑，或者自己成為性對象那份恍恍的憂心，可以敞開自己的心與身體，納入新的事物，遭遇新的人類，他可以帶我進入那樣一個世界，斑斕流光，開了門是眾聲喧嘩，熙熙攘攘，我潛入深水貪婪地戀慕著這一切形色，關了門，那也是一個人的苦練，一個人的幻夢，一個人的世界。就像東尼說的，一個自己的秘密世界。沒有這個世界的人類，都會嫉妒擁有自己秘密世界可以遁逃的人，因為他們臉上會浮現不同的臉色。

「你什麼時候知道的？」

「一開始就知道。」我說。

我們剛變成朋友的時候，東尼有一次問我，幾乎他所有的學生都不知道，自然因為他低調，也因為他的舞蹈邏輯變成他的一部份。「你怎麼知道的？」

事實上，他是特殊的，他像極了傳統老派直男，而且是比較好的那種傳統男人，走路的時候在外面護持女生，和我在一起吃飯他覺得有義務為女伴付錢，送我回家，並排走會輕扶我的腰，保護在意我的反應，這是在舞池裡頭引領女生並保護女生不受到其他選手撞擊的本能吧。

「你第一次帶我跳舞的時候，握著我的手，我從來沒有碰過這種舞伴，手上感覺那麼強烈穩定，引導那麼有力、明確，有領導魅力。光是握著你的手，我幾乎要生出自己可以完全依靠你的柔情。

「可是，經由你的手傳過來的，那強烈的複雜，吸引我的美好的東西，沒有性。有那麼多東西，就是沒有一絲一毫的性。我和那麼多男生跳過，他們跳得好或糟糕，他們喜歡你或討厭你、輕視你或對你無感，不管是哪一種，那基本上都還是性，我都感覺得到。但是你，沒有這個。」

東尼似笑非笑。

我法文班的男同學和我差不多高，身體瘦臉頰也瘦，笑起來臥蠶厚厚彎彎，我忍不住老是看著他。特別是下課時候，他騎上當時流行的機車，彎起的腿，露出的牛仔褲與休閒鞋之間，是一截桃紅色的襪子。我看著那張揚的桃紅色，隨風呼嘯而去，在眼前消失了，還是會盯著遠遠的灰點。

他是這樣說服我的，彼此有好感，發生關係是正常的事，不要拿愛來貼標籤。

但發生關係對我來說很艱難，而我想，他其實不愛我，我們沒有戀愛，是我迷戀著他。不過那還是發生了，我覺得我再拒絕下去他就對我失去興趣了。我疼痛害怕並閃躲，他試了幾次不成功，怒意上來，壓著我便硬著進去了。我突然放空，痛還是痛，但我好像脫離了自己身體，遠遠的，並覺得自己竟然背棄了什麼重要的東西，要得到報應了。他很快地成功後，拍拍我的臉，說感覺真好，「如入無人之境」。

他起身趕緊擦擦，對仍然躺在床上慌亂不知所措的我說：「你也快點起來吧，要不然等下法文課來不及。」

我覺得床好荒涼空蕩，我甚至連下床都不知道怎麼做了，而且很痛。我摸著進他的浴室，用蓮蓬頭沖洗，發現自己出血。

我包著毛巾說：「我流血了。」

「這是很正常的吧，床鋪上也有，真是的，上完課回來我還得清洗。」

我不知該說什麼，也不知道自己是不是期待什麼，只是呆呆站著沒動。

「不是告訴你上課要來不及了？你快一點。」

我不知該做什麼，回浴室，還是出浴室。

「唉……我這裡有個東西可以幫你。」他穿好他的牛仔褲與襯衫，打開床頭抽屜，拿出一個衛生棉，丟給我。「墊著吧，要不然怎麼出門？」

我伸手接住，毛巾掉了，怔怔地望著這個房間。我還不太清楚這些事代表什麼，胸口堵堵沉沉的。

我又在浴室發了一下呆，最後還是拆開了包裝，讓別的女人的衛生棉，墊在我流血的孔洞上。穿上內褲。

東尼的理想，是和理想的好舞伴結婚。社會不會找他麻煩，事業上也有穩定的結盟承諾，可是，子恩不要，顯然光希也不想要。光希甚至不想和他一直去比賽。

「跳舞不應該是這樣子的。」這是光希和東尼本質上的差異。

東尼和光希談起黑池，以後的遠景，光希目光炯炯，挑戰東尼：「比賽，一直比一直比，一直收學生，幫年底的發表晚宴兜售貴賓券，達到老師要求的配額，然後一直比，往上爬。」

「往上能爬到哪裡？真的有上面這個地方嗎？」光希生氣，一開始跳舞是為什麼，是快樂吧，是和人的聯繫吧，不是技藝，不是什麼藝術，不是冠軍。然後自己貼上了專業，就變成了謀生，變成要贏，變成出人頭地，變成政治，變成功成名就。

「不應該這樣，不應該這樣。」

「就是這樣，現實就是這樣，一旦你是職業選手，跳舞就不是享受，不是樂趣而已，還有比那更多的負擔與責任，這就是專業與業餘的不同。」

「我想我這一生，不管做什麼，都是業餘者。」光希冷峻地說。

他們吵架，光希在我家躺著看電視，嚼肉乾。

「那個白帶男人，有後來嗎？」

「有。他躲我，我找他。我狂找他，逼他和我見面。有時候他說好，要我在哪個路口等他，但他沒出現，手機也關機。有個晚上，我在路口等了一小時，他終於出現。他打我，把我推到地上，那邊剛好是附近一排夜店堆垃圾的杆子，他就把我推到垃圾堆裡。我踉蹌狼狽地爬起，還沒站穩他就又把我推倒，我好不容易爬起來，他再把我推進垃圾堆。就這麼推了幾次，一個老外經過，嚴厲地阻止他。他和顏悅色地對老外點頭，承諾絕對不會再對我動手，老外扶我站起來，問我有沒有受傷，我搖搖頭微笑說沒有，老外離開。老外一走遠，他就再把我推進垃圾堆。」

我大哭起來，覺得這世界根本不是人住的，而光希與我，有個遙遠的家卻永遠回不去。哭了一下子，光希也沒理我，繼續看電視。

我擤乾淨鼻涕，再問她：「所以，沒有後來了吧？」

「還有後來呢，他沒事一樣打電話給我，我猜想是想我會關心他還有沒有錢。但我沒問，幾次都沒問。他叫他太太打電話找我爸爸告狀，罵我爸爸，我媽就罵我賤貨，算我的帳。」

光希說：「後來就真的沒後來了。我突然覺得我沒那麼愛他，我的愛情大概不值錢，可我的錢很值錢。」

我安靜了一陣子。

「你們，不要吵架了，你和東尼。」

光希沒答話，換頻道找節目。

東尼又開始焦慮，一下子想說服光希專業一點，一下子想，換舞伴吧。他有時候暴躁有時候好，學生都感覺到他心情的浮動。

我們去吃火鍋，他又幫我剝蝦殼，燙蝦肉。

他說他想通了，有時候也覺得很累很孤單，應該找個伴，真正的人生的伴侶，貼心作伴，一起生活，而不只想找舞伴，然後和舞伴結婚，各自有愛人，可是能夠發展事業。

「你想要什麼樣的伴侶？」我問他。

他竟然露出少女的嬌羞：「品味總是要相通啊，生活上才有共通之處，自然，其他基本的條件，大概長相要端正，穩定的收入，學歷相當。差不多是這樣。」

「你這樣子，和外面大街上滿坑滿谷的那些異性戀女人，有什麼不同？」

他好像沒聽見我說什麼，因為他太焦慮，自顧自接著說：

「雖然我不是那種男人，但我跳了這麼多年下來，也甩掉不少女人呢！」

他使用的動詞，讓我頸後僵硬，牙根緊咬。

他輕笑，伸出手指，算著舞伴的名字，一個兩個三個……

我突然對他說，如果你找不到人生伴侶，也找不到可以結婚的舞伴：

「那以後我們來結婚好了！」

他抬頭，眼神變得盤算精明，好像在估算什麼，我有點吃驚，我自然知道東尼懂人情世故，但他從來不曾對我露出這種眼神，這不是平常和我玩的教我舞的那個東尼，不是我心中懷著熱情對貧富學生無分別心的東尼。

「所以，你想要什麼？」他說。

「什麼？」

「和我結婚，你有什麼好處？」

「我沒想到我要什麼好處。我想要的是，老師和家人。」

他呵呵地笑：「可是，你不是婚姻的好對象啊！

「我想找年紀小我多點，順從點，穩定點，可以陪老人家過大家庭生活的人，你不是那種帶回家，我媽會滿意的人哩，你自己也知道。」

我傾全心，對東尼說：「你這樣子，和外面大街上滿坑滿谷的那些異性戀男人，有什麼不同？」

09

我記不得戴滿紫色貝殼出現的老房東，又來了幾次。我很警戒地只要門鈴一響，就跳起來開門付房租，老房東一次比一次花俏，滿滿的貝殼，後來還出現珍珠耳環，黃金項鍊。

我沒那麼驚訝了，一個月一次看他穿戴滿身，出現在我門口，數著鈔票。

倒是樓上有位新朋友佔領我的注意，那是七樓，一位教授遺孀與她的少年孩兒。少年把頭髮留長，戴上髮箍。男孩開始穿女裝出現，起初是女生的蕾絲上衣，搭緊身牛仔褲，但他很瘦長，看起來也許是走華麗搖滾風路線。他常常聽耳機音樂，我對他笑，問他聽什麼，他說是日本團「關八」。又有一次，我問他想做什麼，他說漫畫家，我讚他厲害。

有天下午，男孩在電梯與我相見，他穿黑色褲襪，黑色皮緊身短裙，黑色寬腰帶，白色飄逸襯衫。頭髮整理過，妝也畫整套。我對他微笑當做招呼，他突然主動說：「你不要告訴我媽媽，我穿這樣。」

我搖搖頭：「不會。」

少年就這樣穿女裝，過了好大半年。有天晚上，我夜裡在陽台上發呆，看見巷口一個背影，我覺得像是那女裝少年，但又覺得不是。那背影穿的是小白領，鵝黃色小碎花的長洋裝式睡衣，細瘦的雙腳穿白色的拖鞋。我心裡有一個地方覺得曖昧，或者說，那背影有點不一樣。女裝少年看一眼就知道是穿女裝的男孩，不只是視覺上的辨認，而是氣味，一個人出現就會湧出包圍你所有感官的氣味，少年飄出來的還是男性，儘管那是女性化的男性氣味。然而，那夜裡的這背影，有一個非常關鍵性的差異——是女孩啊，那個身體，飄出來的氣味，是女性的。

但我不敢那樣肯定，繼續在黑暗的陽台上等待，看著那背影十分鐘後，從巷子另一頭走過來，我看到那鵝黃碎花洋裝睡衣人的正面。

是那少年，不，是那少女。他的內在，已經有一個很關鍵的地方，跨過去了，他變成女孩了。

我根本沒留意到房東沒出現，直到一個白而肥胖的長髮女生按我門鈴，自我介紹她是老房東的孫女。孫女說老房東上週過世，交代我這戶的房租是要留給她的，以後，我用銀行帳戶匯款，大家都省事，不需要像老房東那樣當面收現金。

「上週過世？」

「嗯，上週二的夜裡。」

我這才仔細看她的臉，細長的眼睛細長眉毛，生在像是剛蒸好的包子的白嫩飽脹臉上，鼻子嘴巴相當對稱。拋去身材帶來的印象，細看才發現其實她挺年輕，二十歲中段的模樣。

她把她的銀行帳號印在白紙上給我，上頭也有她的電話。

老房東和他的家人就住在我樓下，有大庭園。上週二的夜裡，我是不是醒著呢？是躺在床上，還是蹲在陽台上躲在黑暗裡看著整個社區發呆呢？如果是那時候，我什麼都沒有察覺到嗎？長長的狗嗚，焦躁的街貓，或者，戴貝殼老房東的靈魂其實從我身邊經過，或是，和我打過招呼，但我毫無察覺呢？

有點傷腦筋的是，孫女喜歡聊天。老房東並不喜歡找我聊天，在老房東過世之前，我根本沒留意他的家人有誰，印象中也沒有這個白胖的孫女。自此之後，白胖孫女便常出現在我的視線。

有時候是我提著購物袋，裝滿水果麵包，她正好帶著孩子要出門，我們站在門口處，她開口聊孩子還有她的老公，她很喜歡她的老公，每次對話從寒暄到聊天，長度不一，她一定都會提到他。有一天我見到她老公，瘦小黝黑，和白胖孫女恰好是對比。

見多了，孫女告訴我，老房東過世前很長一段時間行為詭異，家人感到困擾痛苦。

老房東開始打開衣櫃，拿出死去老伴的首飾衣物，穿在自己身上。有時候老房東出現女態，孫女說，她猜想爺爺應該把自己當成死去的奶奶了，戴奶奶的項鍊耳環，還有髮夾、墨鏡。有時候會穿上奶奶的衣服。

但是，有時候老房東又像換了一個人，他從背後襲擊自己正在廚房忙的兒媳婦，用盡蠻力，狂喊粗暴，兒媳婦嚇壞了，拚命抵抗。趕到的兒孫拉開兩人，怒罵老房東番顛了，失智了，竟然可恥到想染指兒媳婦。

可是老房東大喊：「明明是我的老婆我為什麼不可以？」暴怒之後又低低哀泣：「欺負我，罵我，不讓我見我老婆……」

有時候老房東覺得自己是死去的太太，有時候老房東把當家的兒媳婦，當成是自己的太太了。

「我媽媽有一陣子嚇得都不敢回家，住在外面。」

美心和未婚夫在教室上東尼的指導課，時間總是排在我之前，因此我們每週除了團體課碰到面，週末也會在舞蹈教室遇見。逐漸地，她會坐到我身邊和我講兩句，和以前不太一樣。有時候，她會一下子倒出讓我意外的心事，我以為我們仍在交淺階段，猜想是她心裡很沉悶有事，才會這樣。

照理說，他們都上過場比賽了，東尼會希望他們繼續精進下去，美心也想的。但她的未婚夫突然缺席東尼的特別指導課，有時候我到教室，是美心自己和東尼在練習。有時候，未婚夫不來，美心不想讓東尼問，就直接請假。

過了幾個月，才知道他們解除婚約了。團體班的叔叔阿姨很驚訝，小倆口那樣長得夫妻臉，圓圓彎彎的月亮眼，笑咪咪，兩人又都是電腦工程師，訂婚都六年了，竟然解除婚約。

美心失去了生活中的伴侶，也失去了舞伴。

她有點臉掛不下，自己過不了關，對於上了多年的叔叔阿姨團體班，感到意興闌珊，一方面是叔叔阿姨的關切眼神，一方面則是沒有舞伴，上課一個人抱著空氣跳，她過去不曾有過這樣的淒涼經驗，不能適應。

她說：「你真好，你現在有又林。」

美心說，她的父母離婚，媽媽獨自撫養她長大，她口中的爸爸是個不負責任的人，雖然她沒說明究竟是如何不負責任。我明白，我所有父母離婚的同學，都像背劇本台詞一樣地會說爸爸或媽媽是不負責的人，端看他們跟著的是誰。

美心說，她也是媽媽的所有了。不過，她覺得媽媽不是很喜歡她的未婚夫，雖然他們訂婚很久了，但媽媽也沒有意思讓他們快點結婚，常常指出未婚夫的許多缺點。

有一次舞蹈教室租借了一個現代化的國標舞廳辦學員發表會，有教室成員的演出，也有學員的小型比賽，練習中的選手或有興趣的舞者，都會當做累積經驗練習並上場，貴婦阿姨們也會當做一件事，花大錢，裁量新舞衣，和老師進行師生演出。

由於是小型的溫馨發表會，教室創辦人與老師歡迎學員帶家人一起參加同歡。畢竟很多在學學生來學舞，是靠家長的支持才付得起這昂貴的學費。

美心帶了媽媽和阿姨去，未婚夫帶了父母與叔叔表哥表姊去，恰好親家可以見面聯繫感情。

「我阿姨說，我未婚夫的叔叔帶她上場跳舞，在她身上亂摸，對她不禮貌。我媽聽了，就大鬧了一場。叔叔堅持自己沒做這樣的事，剛開始未婚夫家覺得慌亂，那天結束後，我媽又去論理，我未婚夫他們家就硬了。」

一點一點地，有意無意地，他們分開了。

分開之後美心仔細地看未婚夫的臉書，察覺到他並沒有像她難過這麼久，和辦公室的女同事交往，未婚夫本來就是為了美心才跳舞的，這下子以後恰恰可以不用跳了。美心的結論是，半年就可以愛上別人，顯然她的媽媽當初對未婚夫不滿意是正確的，母親比較有經驗，看男人果然比較準確。

美心決定去上東尼的老師，也就是教室創辦人為大學生特地開設的國標舞班。那是團體班，也許可以找到舞伴，沒有舞伴的女生，大老師也會特地照顧帶著跳。

上了一陣子大老師的團體班，經過大老師和東尼的牽線，美心和教室裡的選手小胖搭檔試跳看看。小胖個子不高，但是白白肉肉的，在一群肌肉精練的舞者中，顯得很特殊，有點資歷，但這樣的身形與跳得好但不算厲害的技術，在比賽中不可能佔便宜。小胖過去也試過幾個舞伴，但沒搭下來。他比東尼晚幾年進教室，論資歷與舞技，根本不能和東尼比，東尼已經是外界大老師門下的大弟子了，就教室的選手群來看，小胖應該排在二軍三軍之間，跳不上去。

小胖被比他厲害的女舞者斥責，這次遇到美心，換到他斥責女方了。美心根本不算是選手，並且資淺，有一陣子沒練習，小胖很有優越感。只要舞步一出錯，小胖就立刻指責美心。過去和未婚夫跳舞，舞步頓下來，美心是那個指責的人。現在的兩人關係中，權力位置翻轉。

美心被罵得很傷自尊心，嘴唇乾燥蒼白，但她希望有舞伴，對方還是個選手呢，她加把勁也可以跟著小胖變成選手級。

儘管又林還是不承認我是他的舞伴，但跳著跳著，逐漸地好像也有種默認，上團體課時，又林會走到我身邊，時間久了這小團體也認定我們是搭檔。又林遲到進門時，旁邊閒聊的叔叔會提醒我：「夏天，弟弟來了，快去和他跳吧。」

有那麼幾次，我緊繃的心情得到安慰，彷彿自己專屬於誰，或誰專屬我，我有自己擁有舞伴的安全感，胸中湧起和世上另一人成為一組的歸屬感。

又林爸爸又約我和他們家去跳舞，我覺得尷尬，但因為又林是我搭檔，人家約我參加聚會是善意，我還是去了。又林爸媽、又林哥哥、我和又林，共五人。這次是純粹的玩樂跳舞，不像第一次去國標舞廳，是練習與考試，這次又林爸爸約我們去的是夜晚東區的騷莎舞廳，年輕人擠成一團狂舞扭臀的騷莎。

又林也很高興，大家看起來都帶著笑，很興奮。

我們一行人進舞廳，穿過滿滿的人，找到位子，又林爸媽率先不見人影，立刻進舞池熱舞，我根本看不見人。從一進舞廳，原本帶笑的又林，又拉下臉，不知道在鬧什麼情緒，臭臉不講話。我擔心自己是不是什麼地方惹惱了他。又林的哥哥看那場面有點尷尬，便和我們坐在一起，聊一陣子，讓我覺得輕鬆許多，但他手機震動，又林哥哥說他去外面接個電話，對我眨眨眼：「我其實真是不喜歡跳舞，要不然我就帶你跳騷莎。」

又林還是不講話，也不看我，不管我開什麼口，他都當做沒聽到。一會兒後，又林放下我坐在滿滿的人中，自己走開。

我強端著微笑，看著滿場扭擺笑鬧跳舞的人，我一個也不認識，不知道自己怎麼會坐在這熱浪漩渦中。

又林哥哥講完電話回來，發現又林不在，笑嘻嘻地說：「我陪你等，反正我不跳舞，我家的家庭聚會，我都是坐著看我家人狂舞的。」

我很感謝他的貼心，但又林出現了。

他說，我們進舞池跳吧。

「好啊，」我很開心我們要破冰：「跳騷莎？」

「我不要！」又林說：「我們跳東尼在課堂上這個月排的國標舞，我們跳倫巴。」

我瞪大眼睛，在這擁擠的舞池中，人擦來擦去，就是個騷莎舞池，他想跳倫巴，還是東尼這個月大發神經，簡直加入花俏高難度特技的，男生把女生甩來甩去，高難度的國標舞？東尼這次編的倫巴，需要非常大的空間，橫縱走向，非常誇張，具濃厚的戲劇表演性質。

「不要啦，這裡這麼人擠人，怎麼跳國標，跳騷莎吧，騷莎很好玩，大家都在跳騷莎。」

「你擔心什麼，我厲害，我可以帶你，男舞者本來就會保護女舞者，也會製造出空間，我會帶你的，這根本不成問題！」

我搖頭：「跳騷莎吧，拜託你。」不只是舞池空間與音樂都不適合跳國標，在一群騷莎跳得正開心火辣的群眾中，硬是要跳國標，硬是把空間頂出來，太沒禮貌了。

又林生氣了，不說話，臭臉。

我也不高興了，不說話，冷臉。

沒想到平常姿態高又任性的又林，撐不到五分鐘，又說：「跳吧，我們跳吧！」

我堅持：「騷莎？」

他堅持：「國標。」

我搖頭，別過頭去，不看他。

他坐在我身邊等我，覺得我會像平常一樣屈服，但我沒有。

他惱怒地離座。

我站起身來，呼口氣，啼笑皆非。

忽然我被一個光頭男人拉住，整個扯到他懷裡，他滿頭是汗，裝扮時髦，典型夜店舞棍，是剛剛和許多不同女生熱舞的人。「我帶你跳！」我來不及回話，他就把我硬地扯走，開始拉我的手扶我的腰，轉圈跟著快樂的音樂扭了起來。我笑出來，就跟著他跳起騷莎，跳完一段我要回去，光頭男生直說還沒，又瘋魔般地狂跳了一首曲子又一首，我陷進瘋狂的節奏與身體律動中，本能啟動，開心地笑了起來。跳了好幾首，光頭男終於願意喊停，朝我做了一個紳士的鞠躬告別禮，並把我送回座位。

只有又林哥哥在，他笑吟吟地看著我：「我看到你跳了，玩得很開心嘛，很好很好，出來玩就是要開心。」

我拿起水杯止渴，又林殺氣沖沖地出現，把他手上的水瓶往桌上用力扔，瞪著我。

我和又林哥哥看著突然發怒的又林，驚訝不已。

又林指著我罵：「你什麼東西，你看不起我嗎？我一直約你跳你怎樣都不肯，你剛剛不就下場和光頭跳得很開心，你就是不跟我跳就是了，你混蛋！」

我驚訝又生氣，心想這個爛透的少年，大男人就算裝模作樣地優待女人，他一點也沒有，大男人的暴力粗魯，他真真是天生就會。

他繼續罵，我氣極了，定定看著他，看他什麼時候發完脾氣。

又林哥哥從驚訝中回過神來，阻止他弟弟，他弟弟氣呼呼地又離開了。

又林哥哥看著我，我擠出微笑，搖搖頭。他揚起一邊眉毛，用眼神詢問我是不是還好，我點點頭。我們並肩坐著，沉默了好幾分鐘。

「哎呀，我帶你跳舞好不好，我們下去跳，開心一下。」

我搖頭，說剛剛跳太久，有點累。

我們又坐著沉默。

我突然覺得很想哭，委屈萬分，因此站起來，告訴又林哥哥，我要先回家了。

又林哥哥說，確定嗎，他送我走。

我說，不要，真的不要。

我突然清醒，又林就是希望大家看他。他希望在一群沒有章法拚命扭動的騷莎男女中，大跳老師編舞排練過的國標舞，我擔心沒有禮貌空間不夠或格格不入，他想的是這樣一來就會顯得突出，大家會看著他，而那些倫巴情人交纏的困難動作，會讓大家讚嘆他跳得好棒。我突然懂了，他想要讓爸爸媽媽看他多麼厲害，不是只有哥哥好，他想要全場的人都看他，他不是眾多扭動人群中的一個而已，他要成為焦點，要大家注視他。

我的一再拒絕剝奪了他的機會，而這就是他長久的心結了，他想要別人看他是多麼高帥酷勁，與眾不同。他那麼想要，需要我的配合，我阻擋了他，他大發雷霆。

一上計程車，我就哭了，莫名其妙被一個其實我根本不算認識的小男生在公眾場合無理飆罵，莫名其妙被丟水瓶。一切都莫名其妙，這個陌生粗魯的家庭我怎麼會和他們一起出門，這一切都讓我委屈，還有過去一整年來又林的白眼、貶抑、遲到、缺席，動輒罵我，都莫名其妙，我為什麼要讓一個其實我一點都不熟的小男生這樣羞辱？

我覺得萬分委屈，又哭了出來。

之後我才想起這一切緣由，委屈是我自找的，羞辱也是我邀請來的，這一切羞恥，都是因為我貪婪，是我貪心造成的。因為我想跳舞，因為我想跳雙人舞。因為我想跳雙人舞，我苦苦地去求人家拜託人家跟我一起，我擺低姿態任人糟蹋，不敢反抗，因為我怕人家跑走，因為我太想要太想要太想要跳這種舞，跳這種繾綣綺麗，兩人為一個單位的舞蹈。

其實我，根本只有一個人，一直都是一個人，根本沒有辦法進入這兩人一組的世界，從來就沒進去過。我這樣苦苦哀求纏繞，是我自找的，因為我始終不願意面對我始終是孤單單一個人的現實，我不願意面對其實我對此耿耿於懷，而我根本不可能進去那另一個世界。

規則就是規則，我根本從規則就被排除在外了。

但是我的錯，若不是我求得這樣苦，求到明明白白誰都看得出來，不至於讓自己這般委曲，求成下人，不至於門戶洞開，這世上根本不會有任何人可以侮辱我。

雙人舞有個重點中的重點，不管是做為一切基礎的基本步，還是再困難再複雜的舞技，重點在於兩人那樣身體的交纏，緊密相貼，看起來相互依存，實則，兩人都站在自己的重心上。

如果不是各自站在自己的重心上，互為支點，不可能發展出那樣精采的奇花異草，不可能以兩人隊形那樣驚奇地旋轉，美麗地盛開。有些人跳了許多年，仍然不懂這個基本道理，不懂得千練萬練，每天要練的就是自己的重心與穩定度。你會因為自己重心不穩，扯拉對方，男生若重心不穩，也無法傳送準確穩定的訊息給女生，啟動她進行下一個舞步。有些笨蛋，覺得自己站穩了，就還想來幫助女生轉圈下腰，去推去拉，轉你身體，害你本來像洋娃娃那樣輕盈地要轉，卻被他硬去施力像陀螺被外力干擾那樣，往旁傾倒。看來是男生發動的，是的，是男生發動的，但其實女生的動作是自己來的，他沒幫你轉，是你自己轉。

有一次一個班上男生和我跳，我要轉三百六十度，他動手推了我一把。

我瞠目：「你幹嘛推我？」

男生上火辯解：「我沒推你，我幫你轉，男生不是要主導的嗎？」

「我不要你幫！你的手啟動，做出要我轉的訊號，我便自己會轉，主導不是你幫我轉的意思啦！」

跳自己的，互為線條的支點，彼此在lead與follow的關係中，自然生出纏綿與緊密的互動感，不要以為這是雙人舞，或者這是男性帶領女性的舞蹈，男生就去拉女生，或者女生就不在意自己的平衡，靠在男生身上，這像極了一般人類世界人際關係慣見的彼此掣肘拖磨，夾纏不休，以為親密，在舞蹈中，這種不為自己負責，不練自己重心，只想跳花俏舞步的蠢蛋，總是看不到這種關鍵弱點，會影響雙人隊形，美感盡失，線條歪斜，也根本不是雙人舞的基本精神。本質上，這種舞，再親密甚至性感的兩人動作，其實一切都是自己來，對方只是輕輕地用手的方向指示你下一步，輕輕地看起來像是支撐靠著，對方必須穩穩站在他的重心上，你也必須站在自己的重心上，穩穩地站在重心上，才有可能彼此合作做出高難度的動作，線條才會穩定流利。

穩穩掌握自己的重心，在各種姿態都不會失去自己身體的重心，需要的就是平日練習而已，而且是別人看不出來立即成效的那種日常練習，非常曖昧隱秘地，感受到核心的緊縮，肌肉纖維的緊密，彈性而有力，雙腿的筆直，胸膛的展開，頸脖向上，那是別人看不太出來，自己也常常忽略以為早就沒問題的那種練習。認真的笨蛋會說要練花俏如特技的舞步，聰明的人知道日日關注身體的重心。

重心有了，身體的中軸便有了，雙腳就會穩穩地踩進土地裡，踩得愈深，愈能自在漂亮地向前進往後退，愈能與他人複雜地互動；而不致互相摩擦蹭造，翻滾摔跤。

人魚奶奶形容人類的雙腿是「兩隻笨拙的柱子」，非常難看。人魚奶奶每天起床後一定精心打扮，在魚尾戴上整整十二個牡蠣，一個也不少，一天也不缺漏，以彰顯她的地位崇高。那個人魚世界，只有太后才能配戴十二個牡蠣，其他貴族最多最多只能配戴到六個牡蠣。階層分明。

大概是那意思，既然想在陸地上活下來，就用兩根柱子扎進土地，成為支柱，支撐起你的身體，而你的身體，就是你的建築。

葉子生出落下，穿著短褲練舞，接著就要在外頭套上運動夾克禦寒。我和東尼還是每週上課，常常見面，一起吃飯，但我覺得好像有什麼東西，不太一樣了，我們還是說笑，討論舞蹈，但心已經不是完全敞開，有所保留，彼此承載著自己的嶄新秘密，我是，東尼也是。

美心這一年還是試著和小胖跳，小胖罵她這事沒因逐漸變熟改善，還更加惡化，美心被罵得幾乎失去自信。你怎麼能被一個人罵到一文不值，然後音樂一響，就要和他拉起手抱在一起，跳著愛慕清新的情人之舞呢？太傷了。

東尼說，專業的就可以，多少國際選手台上抱在一起，一下台就彼此不看對方，憎恨對方。

不過美心又訂婚了，像上一個未婚夫一樣，是個工程師，這個未婚夫也是她的媽媽點頭鼓勵的，不過，也和上一個未婚夫一樣，事情定了，她的媽媽逐漸開始點出未婚夫有多少缺點，兩人若真的在一起，未來一定大有問題。

美心現在不上東尼的個人課，而因為在小胖那邊受到太多挫折，兩人拆夥，大老師的課也不太上，連教室也不太去了。美心偶爾會問賴媽媽團體班那邊的狀況怎麼樣，有沒有沒有舞伴的新人參加，若有合適的舞伴人選，她可以試試。

又林考上了大學，考上之後就消失，快兩個月沒來上課，班上的叔叔阿姨老問我又林既然考上大學，放假了，沒壓力了，為什麼不來上課。東尼也要我打電話了解一下狀況，因為又林爸爸以為兒子一直乖乖來上課，而叔叔阿姨們都還覺得有必要幫又林爸媽看好兒子。我說不知道，是真的不知道，又林不接我電話，我也不想繼續打。

那次在舞廳大鬧後，又林照例團體課又遲到缺課。我猜想他開始要準備大學了，自此不來也算合理。誰知道有天課上了大半，又林竟然揹著書包出現了，走到我身邊，當時正在教新舞步，女生左手叉腰，右手伸展向上，男生單腳跪在地上，兩手做出渴望擁抱的姿態，眼神從下愛慕地看著女生。

大家都定在這個動作，等待東尼調整姿勢，等待下一步指令。又林竟然柔順地，學著其他人動作，在我身邊的空位，很快地單膝跪下，雙手張開，抬頭看我。我還有氣，主要是因為總是放夥伴鴿子，他性格中不當他人一回事，不是因為舞廳的事。我不看他，也不和他說話，看著前方，看東尼示範。

由於右手抬高伸展，我的T恤與運動褲中間的那截肚子露了出來，跪著的又林看著我的肚子。他不說什麼，只是用手去拉我的T恤下襬，遮我的肚子。他拉的時候，抬頭看我的反應，示好似的。

我突然覺得無奈與釋然，這種舞，讓兩個彼此陌生的人，身體超乎人類社會合理範圍地緊緊纏繞，我們兩人的身體，比我們兩人的心要熟悉得許多。身體熟了，也許人也對彼此會生出一點點憐惜，一點點義氣。

之後又林又消失，再出現的時候他已經是大學生了。他照例遲到一個半小時，我已經習慣一個人抱著空氣練習新舞步，他出現，我其實鬆了口氣，終於可以好好練了。不過又林不是一個人來的，他帶著一個小女生，說是他同班同學，他想讓她一起學舞。因此他沒來我身邊，而是在教室後方陪著那個小女生聊天。東尼與叔叔阿姨對我投以疑問與同情的眼光。

休息時間，又林跑來我身邊，他說，那女生從頭開始學，他希望以後跟那女生一起跳舞，但因為女生什麼都不會，希望我能教她跳。

我愣住：「我教她跳？」

「是啊，像現在休息時間，你就可以教她，畢竟你是女生，女生的舞步比較熟悉，你教她比較順利。」

我沒吭聲。

「拜託嘛，你不教她跳，我就沒辦法和她跳啊。」

我還是不說話，別過頭，休息時間結束，東尼要大家歸位，繼續上課。

又林還繼續：「現在他們要上課了，你到教室後面那邊教她跳好不好？」

「我是交了學費來上課的，請你不要浪費我的學費我的時間。」

我說完便看向東尼，不理又林。又林在大家的注視下，忿忿走回教室後面，和小女生坐在一起。沒坐多久，他們就離開了。

下課後叔叔阿姨們紛紛來問，又林來了又走怎麼一回事，帶小女生來要做什麼，跑來找我說什麼。我搖搖頭，苦笑，一句話也不想說，說了自己難堪。

週末上東尼個人課時，我告訴東尼整個過程。

東尼氣了：「這個沒教養的混蛋！」

終究兩兩成組，一對一對的，還是散了。美心和小胖，東尼和光希，我和又林。而我們還在這汪洋中游來游去，看七彩流光，懷著與誰相逢的心情。

我其實還硬撐了好一段時間，一個人上團體班，一個人上個人班，照樣認真。有一晚，東尼教的恰恰，有好幾個迅速轉圈圈的舞步，他要求我們一拍內轉三百六十度，要定格落回起始的位置上才行，像芭蕾舞孃一樣。你中軸拉住，旋轉得愈穩，速度就愈快，愈容易回到起始位置。

大家休息時間便一再練習轉圈圈。我也是，穿著高跟舞鞋，一直轉，一直轉。

我的腳好瘦，便脫下舞鞋，光著腳舒張腳趾頭。稍微好受些，我又站起，繼續轉圈圈。

我中軸拉緊，頭抬胸開，腹部吸進，兩手張開，踮起腳尖，像芭蕾舞星那樣往右咻咻轉過。但我歪了，沒站穩，向旁跌落，我趕緊右腳落下踩地穩住自己，沒料到自己的右腳竟踩上左腳落地。而轉圈使用全身力氣，落地重量甚大，我的右腳重重踩上左腳趾，啪的響亮聲響清清楚楚，我移開右腳，痛著扶牆，看見我左腳第二根腳趾頭從中間，往右歪斜四十五度。

我看著我歪斜的腳趾頭，心裡盡是抗拒，只覺得好醜好醜。為了粉飾嗎？我本能地彎腰，將歪掉的腳趾，啪地一聲又往左扳回去，回復正位。

然後我決定當做沒這回事，回家，覺得應該這件事就會像不曾發生過。

那時候我和一個男孩大維開始戀愛，每次舞蹈課結束，他就來接我。那天他來接我問我，腳難道不需要去急診嗎？我跟他說，我扳回去後看起來五根腳趾頭似乎都回到原位，應該不會有事，而且我比較想約會。

我錯了，腳趾頭第三天開始腫脹，顏色變深黑。我只能穿著拖鞋，拄著拐杖。第四天我去找了骨科醫生。

醫生照了X光片，告訴我，骨頭斷了。

他要我形容斷掉當時發生了什麼事，我便老實地表演轉圈，以及我出自自己也說不清楚的想法，立刻將向右歪的腳趾骨扳回左邊。

「你可能不知道，你不小心自己救了自己。」醫生說，我的腳趾頭向右歪掉，如果就任它那樣，加上我三天不肯就醫，血液不能循環，現在應該就整個發黑壞死得整個截掉趾頭。而我，偏偏又把它扳直，這下子骨頭是真正斷掉了，但也因此多了點空間，血液可以稍微流通，乃至於我忍著三天不看醫生，才腫成這地步。

他幫我上了石膏，叫我等待，阻礙的血液會散，骨頭會接好。

「半年。」他說，等個半年。

「半年？可以跳舞嗎？」

醫生大笑：「怎麼可以跳？怎麼可能跳舞？」

我原先想的是半年，也是這樣告訴東尼。

不過，我離開得比半年更久，要約莫十年後，我才又回到舞蹈教室。在那些年之間，我沒再見過東尼。

10

我喜歡的男人喜歡魚，喜歡海洋，他癡癡地對著魚缸微笑一個小時，動也不動，專心地望著他養的魚，分辨牠們的興致。他望著他家中的魚缸，那個放在客廳裡的一小塊海洋，想像著那是一個洞穴，一個通往深邃的秘密入口，他望著那個通往秘密廣袤世界的浩瀚的象徵，並想見這一方小塊海洋象徵的無垠，心懷仰望而充滿快樂。

他告訴我魚缸的故事，為什麼人類要在家裡製造一小片海洋，為什麼要將龐大的複雜的永遠不可能掌握在手中的神秘，硬是偷藏一小方在屋內。他說，心裡頭有一個地方，一個本來感到空蕩蕩的地方，因為那一小缸屋內的海洋，得到平撫與安全感，覺得自己隨時都可以進入屬於自己的秘密世界。

「一個人有自己的秘密世界隨時可以進出，才能活下去，活得有尊嚴。」

文藝復興時期開始，歐洲誕生了珍奇櫃，人們將仔細挑選過的奇物，以充滿巧思的方式陳列在房子裡的櫃中，更有錢的人會直接弄間房間，陳列自己的寶物，這應該也是博物館的前身。最早人們喜歡放什麼進入珍奇櫃呢？常常是鱷魚標本、化石蛋、植物化石等，這些都是上流社會渴望的珍奇，象徵稀有，是社會地位的象徵，也代表人類對未知領域的旺盛求知欲與探險精神。

十四世紀人們開始探索地圖上不曾標示過的未知世界，後來進入大航海時代，人們在地圖上探索得愈來愈遠，對海洋的好奇與探索，逐漸從海灘探往海洋深處去，人類社會的珍奇櫃中，多了許多來自海洋的珍稀物品，貝類、海馬，風靡了許多科學家與收藏家。

這些來自海洋的物品放在櫃子，被保存、登錄、分類以及被記住。一些科學家與教育家試圖寫書，將海洋縮為四、五百張卡片，有的卡片甚至以美麗的銅版畫製成，這樣一組卡片可以濃縮並代表整個海洋的概念，就是珍奇櫃的概念，像是一套插畫式的百科全書。

但這是人類的企圖還是傲慢，野心還是求知的熱衷，那樣一個龐大的海洋世界，怎麼可能用如此受限的形式表現，斗膽的、無效的嘗試那樣多，櫃子這概念在人類社會留了下來。在往後的歷史中，櫃子注入了水，成為水族箱的前身，成為一方盒子裡的海洋縮影。

他每個週末都開車到海邊取海水，開回家中，置放海水，使其雜質沉澱，並使海水重新適應溫度，隔天他才會分批將海水注入魚缸。他總是檢查魚缸的馬達、輸氧系統、燈光照明、溫度控制，確認後，他觀察每一隻魚，是不是都在活動著，誰活躍了些，誰消沉了些，是不是生病，是不是遭到攻擊，這魚缸形成的小生態系，是不是維持在平衡狀態。我看見水中植物與七彩魚類，映著水波流光，在他臉上閃動。

他每週去海邊取水時，也會游泳浮潛，遠遠地看起來，他像隻魚一樣在海浪中上下浮沉，像回到歸屬的天堂樂園。我覺得既心安又哀傷，這樣一個把海當做新知故鄉的人，我猜想他應該既單純又寬大。

他當然不是會跳舞的男人。

有件事情，關於他的，我覺得美得像首歌。

他當學生的時候，每週四下午都沒課，他把週四下午當做自瀆之日。輕鬆地舒緩地，一早起床，拉開窗簾，皮膚感受太陽的熱度與份量，好像自己從最外面那層先融化了一層。他知道這將是自己和自己好好相處的一天，是個自我回饋與享受的一天，和煦而溫暖。

他的課在中午結束，他吹著口哨，踏著輕鬆愉快的腳步走出校門，和迎面的同學打招呼。下人行道，從路的另一面冒出地面，等公車回家。在公車上，他讓窗外吹進來的風親吻他，景象一站站過，人上來的又下去，建築物都是他看熟了的，但一切仍都新奇。

他回家後丟開背包，脫掉靴子，姊姊還在學校，父母在工作，家中只有他。他打開啤酒，臥在沙發上看體育節目，坐在他的魚缸前好一陣子。

他看著魚兒環游，躲藏在植物之中，水波細密的震動，傳來的細訴聲音，以牠們的節奏放送，像是宇宙傳來的故事，這個小宇宙訴說最原始的起源，有時又像是未來星際的訊號，他聽到了，只是他還不能理解這些訊號。

他拉張椅子，決定再坐一下，那是他的珍奇，裡頭有超越時空的呼喚。

等到他願意走回現實，他走進廚房，清洗並丟掉啤酒罐，進房，上床，開始緩慢而扎實地自慰，是自己善待自己的純然愉悅，也像是週四下午這場漫長儀式最終的一個環節。射精後，他整理環境，沖澡，也許去附近操場打籃球，也許騎車去棒球練習場，有時也會在家看片。再一會兒，姊姊就回家，父母下班，他們共進晚餐。

這個男人天性明白，性是善待自己，是愉悅，不是痛苦的來源。

「這是我聽過最浪漫的事了。」我濕了眼，充滿敬佩與情意。

「不過，」他說，有次他同樣在週四搭車回家，心理與生理上都醞釀著一場以自瀆為終點的下午時光，推開家門卻發現姊姊在家。姊姊坐在沙發，腳抬高高，看下午重播的電視電影笑個不停。他所有跳動昂揚的喜悅情緒，原本哼著歌的，全都低落沉默。這喜事才起了頭，卻被迫中止，他火上來，不耐地問他姊姊為什麼在家，姊姊說老師請假下午停課，拿起洋芋片問他要不要一起吃。

他恨恨說：「不要。」

他煩躁地踱步，到魚缸站站，坐不下來，回房間磨蹭了下，又走出來。

他隨意找了個理由，大聲兇了他姊姊，好像是飲料瓶蓋沒拴緊就放進冰箱。

他姊也大聲吼回去：「你沒事兇我找我麻煩啊！」

他一時語塞，說沒事好像也沒事，說有事也其實有點事，他在家裡這走走那走走，便出門打球。

珍奇櫃注入了水，放進了海中生物，原本是人類對未知領域好奇心與求知欲的旺盛象徵，但後來，在很多人心中，它與好奇，與人類對神秘的崇敬，彷彿失去了關聯。愈來愈多人成為收藏家，收集、收藏這動作本身，幾乎就讓人感到滿意。人們花時間欣賞櫃中珍奇物件，那些美麗少見的形形色色，每件物品都成了人類欲望的投射。

他告訴我，十八世紀中，歐洲人流行收藏的是鸚鵡、金絲雀、裝飾用家禽，特別在女人之間很流行。當時一位科學歷史學家還曾經類比鳥籠內的珍禽與被家務牽絆的女人受限制的生活方式，他寫著，女人與貴族皆被視為「因無法控制的性驅動顯得反覆善變，薄倖難料，也因此他們總是打扮得明亮多彩，他們永遠在追求新東西」。

我問他，捕捉海洋生物，放在自己家中，到底有沒有一點點殘忍？「你是不是覺得海洋很大很大，你只是帶了幾隻魚回家養著，那和動物園的殘忍根本不同，若有，程度也很輕。」

畢竟，魚缸中的小海洋，是那樣清潔無暇，讓人類感覺完美。

我懷著我的秘密，他懷著他的秘密，我想，我遇到的每一個人都有自己的秘密，這已經讓我們都比別人幸運多了。懷著自己的秘密要守，就會穩重，變得美麗。他常常打趣，說哪天工作不做了，他最想出海，開船或當漁夫。我問他，我該做什麼才能跟漁夫相配呢？種花好了，我應該種植一個自己的庭園。

我的骨頭斷了，每週還是跟他去海邊，但從不下海。我不想讓自己空太多時間下來，我會想回舞蹈教室，但又厭煩回舞蹈教室。

說不定，骨頭斷掉是我被賞賜的一個假期，或者，一個離開的台階。

看起來我就像東尼所說的那些女生，就像子恩，說對舞蹈的熱愛，對舞伴的忠誠，其實根本沒把舞蹈當回事，現實中有了人，便頭也不回地離開。其實我的厭煩有一陣子了。又林不出現了，我已經非常疲憊，剩下的自尊心也脆弱。

東尼對我的友誼有了微妙的變化，他和光希拆夥，又開始找新的舞者試跳，他常突然地暴躁。有幾次上課他突然大聲：「第三小節速度出了問題」、「第五小節上胸的轉折弧度都不見了，你一注意速度就忘了線條」、「你回家要練身體，你的身體上背那一段看起來鬆脫不直」。

東尼嚴厲地訓我把我罵到頭低下去：「你不來這邊上課的時候平常自己有沒有好好練？你不好好練，光花錢上課，一點意義也沒有。你不如不要再來上個人課，輕鬆快樂隨便跳。」

事實上我知道，我沒有舞伴，一個人練不下去，練到這樣，跨不到下一階段了，還有我的體能，這裡，都是極限了，也只能練到這裡。東尼起碼不會騙我，努力下去，一切都會好的。

彷彿聽見我的心，我把自己的骨頭弄斷了。出現了一個會帶我到海邊的男人，喜歡過生活的人，光是觀察他的一切，就能輕撫我的焦慮與好奇，讓我覺得在這輕飄飄的無根世界中，暫時出現了踏實的基底。

我不去，美心也停了課。

美心常在週末傳訊息問我，做什麼？

我回問她，你做什麼？

她每次都說，在家中弄電腦，跑程式。

有次我問，有未婚夫在，為什麼不出去看電影約會什麼的，為什麼在家？

她每次的答案都一樣：「我未婚夫陪我媽去逛街。」

有時候美心半夜敲我，說她的愛情不知道在哪，合適的對象不知在哪，她覺得快窒息了。

「未婚夫？」

「不合適。我媽說他很有問題。」

「不合適你們還能當未婚夫妻當這麼多年？」

「一言難盡。」

「解除婚約？彼此放生。」

「也不是這樣，我不能把所有細節都告訴你，其實我也說過分開，他很生氣，說你們母女不要做人太過份，會有報應的。」

我心裡某個地方一直相信，我總有一天會回去跳舞的，原因是因為東尼還在跳著舞，他還在教室教舞，在我心中，他一生都會跳舞。只要找他，我就可以回到舞蹈的世界。只要找他就行，我們那麼好，至少，曾經那麼好。

不過我開始工作，一兩年就過去了，遲疑一下，三年也過了。

我聽說東尼辭掉藥廠法務室的工作，開始專門以舞蹈維生了，我很驚訝，他做了當時他最討厭的事，靠身體賺錢，他把自己的愛與生計綁在同一件事上，他變了嗎？我也聽說，他有了新舞伴，跳得很好。由於現在靠教舞生活，他每天都排了滿滿課程，有時在大老師的舞蹈教室，有時在健身房，有時在外面接團體班，還跑到桃園上課。

我知道他的拚勁，他還要去黑池呢，自然很拚。

我打了幾次電話給東尼，告訴他我想重新開始上舞蹈課。

「問題我仍然沒有舞伴。」我熱情地問：「你現在學生更多了，可以幫我留意嗎？」

「好是好，不過你其實也知道很難。你還是自己多向身邊朋友打聽，有人一起學比較好，要不然就先跟團體班上上看，看有沒有人可以多帶著你跳。」

我知道他沒說的是我的年紀與狀態，很難找舞伴，學舞的多是青年男女，除非我又要上叔叔阿姨班。我訝異的是，他的口氣，他竟然開始跟我客套，並且打了點小官腔了，他的回答是舞蹈老師回答一般剛報名學生的內容。

一段時間過後，我又打電話給東尼，還是問他可否幫我留意舞伴。

他深吸了一口氣：「你也知道很難。」

「那麼我上你的個人課，像以前那樣去上你的個人指導課，你帶我！」

「我現在時間很緊，幾乎排不出來。」

「一個禮拜一小時也不行嗎？你能不能排排看？」

「好，我看看狀況。」

那之後，我繼續打電話找他，他就沒接。

我每隔一段時間，就會試一次，他從來不接。

我很消沉，當真靠舞蹈賺錢後，他會變得像以前我遇到的那幾個老師，眼裡只有選手和貴婦嗎？當真會變得世故勢利，不再對學生沒有分別心嗎？又或者，我以為我們曾經的親密，其實只是我一廂情願的認定？我在舞蹈上不是能跟他平等論之人，在現實上，不是能給他優厚收入的人。現在的他，不需要熱切蠻橫的朋友了嗎？

我試了好一陣子，之後我不肯再試，太殘忍，我這才能確認，現在的我，就一個朋友就一個學生或者就一個提款機來說，他都不想要了。

養魚缸的男人讓我覺得，一般人的生活好像沒有那麼恐怖，他就過一般人生活，上班睡覺，與朋友聚會，仍然那樣明朗。但我仍然沒有辦法完全擺脫那恐慌，你和一個人變成聲息相聞的一對，儘管在跳舞的時候我那樣急迫地要和誰變成一對，但現實中那樣，違反生物法則的交頸相依，那可愛的令人稱羨的影像，背後可能隱含的暴力與控制，我還是感受到隱隱的絕望感。不過，我開始工作，先接一點點，然後愈接愈多，愈來愈忙。光希一直在我身邊，她嫁了人生了小孩，她也不跳舞了，仍然目光俊朗，灑脫萬分，她現在喜歡游泳與瑜伽。

我差一週滿四十歲的時候，醫生宣布我停經。每個醫生第一個反應都不信，做了好幾次檢驗，我也到好幾家不同醫院，結果都一樣。醫生說：「很少見，但也不是沒有這樣的例子。」

醫生說可以吃女性荷爾蒙，吃了月經就會來，但停了月經也會立刻停，只是延長我的適應期。但女性荷爾蒙連吃兩年，罹患乳癌的機率很高。

我搖搖晃晃，全身虛浮，離開醫院，走到路邊，突然腿一軟，跪在紅磚人行道上，抽抽噎噎地哭起來。這是天從人願了，天果然真會聽從人願。我突然明白這一切因果，我仍然記得，十歲左右我因為太絕望，太難受，有天聽人說女孩長大會和媽媽一模一樣，我傷心欲絕，心想上天真是可恨，痛苦與漂浮無依會隨著基因永無止境地傳下去，無法轉遞。那時候仍然小小的我，生出巨大的勇氣，向上天發誓賭咒，此生絕不要有後代，年幼的我竟然那樣急切保護我從未有過的小孩，如果愛他我便不能讓他出生，變成我。

我幾乎忘了的孩提時代的事，那一剎那想起來了。

我想起在醫院超音波與X光檢驗室，那位年長的女技師，看著我的影像，輕呼：「你的子宮，不成比例地，縮得好小啊！」

她讓我看，我看到我小小的子宮，縮在其他龐大的器官之間，躲著什麼似的，生怕被發現，安安靜靜。

後來那幾年，我常想起跳舞，身體自己就動了起來，也想念自己穿梭在舞蹈教室的勤奮時光。但我不敢再打電話給東尼，再打就騷擾了，而時間已經過去太久，他也變老了嗎？就一個舞者他現在跳到了哪裡，他還想去黑池嗎？我上網看他臉書，沒什麼更新。我還是按捺自己一想到跳舞，就想打電話給東尼的連結反應。

但我終究還是忍不住，問了美心，美心不知道，她問了以前叔叔阿姨班的班長賴媽媽。

得來的訊息是東尼剛過世，不到一禮拜。

她說東尼上個月一直瘦，覺得腸胃不舒服，以為是感冒，但好不了。請假休息到醫院檢查，發現是淋巴癌。他住院不到二十天就走了。

那天下雨，我和美心約好一起去東尼的告別式，在好大的學校禮堂舉行，滿滿的人，一班一班，一隊一隊，都是他的學生。我沒走近他的靈位，沒有敬禮上香，也沒向家屬致意，我只是遠遠地，看著他的影片，遠遠看他的照片。

好幾個學生哭得很凶，他們應該感受我當時感受到的東尼的好吧，我猜想，東尼現在應該就在這大廳某處。做為一個老師，看到大家都來了，他應該很欣慰，做為一個舞者呢？他現在是什麼感受，他追逐到了什麼，靈魂出現了什麼顏色？他到了他秘密的世界嗎？

我和美心冒著雨走一段路，進捷運站。我們並排坐，這麼近看，我才發現，時間在她臉上留了痕跡，不是皺紋，不是鬆弛，她一點也沒有，但是憔悴。嘴唇臉色蒼白而憔悴，神色恍惚，像在受苦的莫名出神狀態。但我也才發現，這麼多年過了，我們已經中年熟透了，她還是一模一樣。除卻我剛剛說的蒼白憔悴，她的模樣和我十年前在舞蹈課初見她時，一模一樣。同樣維持直長髮，齊眉瀏海，同樣穿深藍色雙排釦外套白襯衫瑪麗珍鞋，同樣是她母親認為一個女兒應有的模樣，一個如同日本電視劇中青春少女該有的裝扮，她一直穿到了四十歲。

她的母親，只要女兒一直是少女，一直不結婚，不變成成熟的女人，女兒還可以一直工作養家，媽媽就永遠是女兒最重要的人，而且媽媽永遠不會老。

我怕自己太過傷感。

「你知道參加喪禮過後不能立刻回家吧，要去人多的地方逛逛，去喝咖啡，逛百貨公司。我等下有個約，但下兩站就是百貨公司，你要不要去逛逛走走，買買東西？」

美心眼睛像彎月，笑著說：「嗯，但我不能自己一個人逛街買東西。」

「為什麼？」

「我可能會買了不對的東西。」

我有點不耐：「買了不對的東西又怎樣，後悔了拿去換，要不然，錢是自己賺的，當然可以自己花，買了不對的東西又怎樣？」

「嗯，是啦。」她的眼睛又瞇起，輕柔柔地說：「但，還是不行啊，我不能一個人逛街。」

我不可置信地看著她。

她笑得十分討喜可愛，少女一般：「我會去逛街啦，我會的，但我要先回家，我一個人從來沒有辦法買東西，因為，我沒有品味，我媽媽才有品味，我挑的衣服都不適合我，我媽挑的衣服才適合我。」

我覺得有點哆嗦。

她轉頭看我：「畢竟，天底下不可能有不為子女好的母親啊！」

我對她笑，緩緩點頭給她她想要的回答，然後看著捷運車窗的我們的倒影。

她不是真的佯裝太平，我認為她總知道的，要不然那些憔悴怎麼來的。

她在臉書張貼自己學體適能的照片，交了新的朋友。以及，她說媽媽要幫她安排相親，叫臉友們幫她挑挑哪張是最美的相親照。第二任未婚夫應該也散了。母親節的時候，她貼了自己和媽媽合照，寫著我最感謝的母親，不過媽媽的臉打了馬賽克，只有她一致性極高的咪咪笑臉露著。

11

我夢見我爸找我，他和我相約在咖啡館，和他單獨相處，我尷尬得不得了。

他對我說了一個故事，很長很久，我看著他的嘴唇，知道他在發語，但是我聽不到他的聲音。我清楚感受到朦朧氤氣中的棕黃色咖啡館窗玻璃，我感受到背景的爵士音樂在我的皮膚留下波浪形的印記，但我就是聽不到我爸的聲音。

醒來之後我覺得這夢像個寓言。我的爸媽之間，還有我，我們之間從來沒有毀滅性的決裂，也不曾擁有過親密的相繫，我們曾經以家人的身份在這個物質世界以一個隊伍生存過，是一個單位，但我覺得自己像孤兒，我爸也覺得自己是孤兒，我媽也覺得自己像孤兒。我們分別活得蠻橫魯莽而勇敢，我們情感充沛，卻無能與人連結，也無法同理他人的孤單。成功，買賣，許多的房產，安全感，伴侶，食物，是我家的人天生會的，世上每個人有父有母，都活得無父無母。

我想起我看過我媽跪坐在她年輕的照片裡，翻看她舊時的照片，流著眼淚，鼻頭紅腫。她一定很傷心吧，我偷走了她的人生，剝奪了她的青春。我們一家三個人，各懷著自己的孤單，不能相依，也像世界上所有的孤單一樣，其實根本無法彼此慰藉，幸運的話，可以稍微彼此理解。這孤單如此純粹而正統，一個人的孤單讓另一個人也孤單，另一個人孤單就繼續造成另一個人孤單，可是從來不曾彼此理解。我們被吸引著走向彼此，真正相遇後，就會像彈子那樣彈開四散，然後又在某個時間點滾向彼此。生亦如死，死也不散，只是不聚。

我爸說過他童年的時候，在基隆生活，大概五、六歲時，他的父親也就是我的祖父帶他搭船回福州，因為祖父在這北部港都，那陣子什麼工作都接不到，他想回福州去問問親戚，是不是有什麼活兒可做。祖父是傳統訓練的厲害木匠，是那種現在已經失傳的，可以不用任何一根釘子，做出任何形體家具的人。

他們也沒買正式船票，就到了平常走私偷渡的小船那邊，付了點錢，父子倆便渡海，一路行到福州。

這對父子完全不知道，他們上船的第二天，港都爆發屠殺。在貫穿整個都市的田寮河兩岸，男人排排跪地，從背後遭射殺，隨即被推入河裡。運河堆滿屍體與血水，城市裡無人敢踏出門戶，無人敢去收屍。要等到四、五天後，才有人敢試探地在成群的腥腐屍堆中，尋找家中失蹤的男丁。當時我爸媽都是小孩子，並且還未相識，我的外婆有天發現大兒子一夜未歸，悲切得連眼淚都流不出。幾天後我大舅舅回家，原來是外面正在抓人殺人時，他機靈地躲進一陌生樓房的樓梯陰暗之下，靜靜地聽著外面的驚悚與血腥。大舅逃回家後，外婆死命推他上樓，要他上床，用棉被沉沉厚厚地包裹住，自己到樓下鎖住大門，進廚房拔菜刀，喝令所有的孩子都不准出門。

我爸跟著他爸爸，下了船，坐車，下車，徒步又走了一段，終於進入福州，卻發現城鎮已經半毀，這裡也有戰亂經過。他們四處打聽，也找不到工作機會。大家都殘了弱了著魔了，沒人有能力蓋房子，沒有人想蓋房子，也不會有人想做家具。他們換車進入老家侯安，親戚死了，跑了，瘋了，什麼也沒有。我年幼的父親感到飢餓，卻不害怕。祖父自嘲，當初為了生活吃飯帶著妻子渡海，如今為討生活渡海回家，兩邊都是餓扁扁的昏暗胃袋，好像活著本身，就是餓，就是空乏。

父子在那邊兜了一個月，確定真是什麼都不剩了，決定回到基隆。回程的小船上沒什麼人說話，他們不知道發生了什麼。

一上岸，他們卻敏感地發現連天空的顏色都變得僵硬死灰，整座城死掉大半，空氣中飄著焦躁哀傷。他們這才知道，他們離開的這一個月，港都發生了什麼。

又過了幾天，真實的恐怖感才進駐他們的內心。他們才知道，自己逃過了什麼，在這時間的皺褶中，這對父子被捲了進去，又彈了出來，在一個巧合的時間滑了進去，又被推了出來。

命運，我爸這麼說。

然而我祖父並不是我爸的親生父親。我爸是九個兄弟姊妹中最小的，在戰亂困頓的年代，生活困頓人們流離遷徙的歲月，我爸爸被他長兄長姊，以一點金錢的代價，賣給了木匠夫妻。九個兄弟姊妹的父母都死了，大家都是少年了，而這個仍在襁褓之中的么弟，讓大家傷透腦筋，無能照顧，便給了人。而兄姊、木匠夫妻帶著小孩，都來到了港都，在城市的兩端各自生活，知道彼此的存在，卻從不聯繫。

我爸到了五十歲才知道自己的兄姊就住在城市的另一頭而已。他找人聯繫上，對誰都冷淡的他，興沖沖地要去與自己的根源相認。他穿戴整齊，等著見他的是他的長姊與四兄。見了面，我父親感動且感慨，他是強硬的男人，不至於流淚，但他就像少年一樣興奮。那一代的相見，沒有擁抱，他們握手，一直笑，重新了解彼此在做什麼，過去做了什麼工作，他長姊的孫子在客廳跑來跑去。

但那興奮之中的認生與隔閡感，一直都在，我爸覺得，分離幾十年，這是自然的。

幾天後，他的長姊要四哥找我爸，說他們商量了好幾次，決定要告訴他實話。實情是，其他八個兄姊是親生血脈，同父同母，我爸不是。他們的父親死了，在一路流離四處遷居的過程中，他們的母親在一個城市，和一個男人好上了，男人和他們家住了一點時間，後來分了。我爸爸是他們的母親和那個男人意外懷上的孩子。

我爸懂了，這是他的年紀和其他人差那麼多的原因，也是他們能夠輕易把這個嬰兒轉手賣給別人的原因。

生物距離是指兩個同種生物在一起，彼此可以感到舒服的最小間隔距離。比那距離短，兩個生物會感到不悅與被侵奪的感覺，他們分開或打架。有些種類的生物距離大些，有些短些。

我想國標舞這事的本質，就是違反生物距離法則的。

兩個人，也許是夫妻一起跳舞，也許是情侶，也許是生活中彼此陌生甚至憎恨卻成為舞伴的人，那樣緊密搓磨著彼此身體，那樣支撐著你出生之後就無人觸摸過的身體部位，讓彼此長時間處在這種狀態，本質上根本侵害了生物的生存安全感。

我隨著東尼最快樂的時間，我和他感情最密切的那時候，每次上課我都熱熱辣辣，興致高昂。

有一次我上完課，跳了兩個小時，我換好衣服，走出教室，卻發現自己發抖，憤怒到發抖，我有一種自己被嚴重冒犯，一種性方面被侵犯的感覺。

我不能明白這種感覺怎麼來了，前一秒還沒事，後一秒這種憤恨卻洶湧席捲，久久不能散去。剛剛發生什麼了嗎？不是好好的嗎？和平常一樣，跳舞，練習，糾正，再練習，而今天很順，跳得很順，東尼心情也很好，太陽也明亮。

然而我的怒氣讓我失去控制，我摔車門，狂打駕駛座方向盤，在車內尖叫。

叫完之後我陷入恍惚。

我聞到了味道，那是東尼的古龍水混著他的汗水及我的汗水，我們一次次森巴前擁後抱，一次次全身相貼做出行進中的大旋轉，這混雜著液體覆蓋了我全身，那些氣體分子與汗水，滲進我全身打開的毛孔，像陌生人自作主張地進入了我的身體。

我的理智告訴我一回事，我的心告訴我一回事，是快樂是興奮，然而我的身體，發出來的訊號是另一回事，是侵犯。

去年我打了電話給賴媽媽，問她叔叔阿姨團體班還在上嗎？大家都好嗎？她說還在，大家還在跳舞，只是人少了許多，東尼過世的這兩年，新的老師帶他們，風格不太一樣，教法不太一樣，很多學生沒來，很多學生是因為年紀大了，身體不行了，就不太來了。

「你要來上課嗎？」賴媽媽問我。

我找了好久才找到他們現在上課的地方，是棟大樓，一個社區的活動中心。那個老師，跳得好糟糕，態度傲慢。教過的舞序，叔叔阿姨不懂的地方，繼續發問，那個老師就不耐煩，板起臉大喝這些年紀大過他父母的人：

「剛剛不是說過了，你要我講幾次！」我想起東尼，任何人問，他都一一講解清楚，講到學生懂為止，問題一直重複也沒關係，他會耐性地等。這個學生的困難解決了，下一個等待的繼續問，他從來沒有不耐煩過。

下課休息的時候，若有學生想問他，這個的跳法是什麼，他當做沒聽到。

但他也教個人班，當然，個人班的收費比較高。

他喜歡團體班的學生另外去上個人班，他會在那邊解釋得比較清楚，儘管，還是一副以上對下，動輒不耐煩的口氣。

我問賴媽媽，這老師真的和以前不一樣啊。

她笑說，就繼續跳吧，明年這班還在不在都不知道了，她和賴爸爸都七十幾了，不去計較太多。

我去上這位老師的個人課，他高傲地帶我跳，他說不清或我沒聽懂的，他就不耐兇我，我也會懷疑，我為什麼要花錢讓你對我大小聲。這位老師和東尼不一樣，東尼只跳拉丁，熱力四射的，這位老師主要跳的是標準舞，華爾滋、探戈這類緩慢而優雅的，貴婦都喜歡跳華爾滋，因為體能與舞的性質，不需要耗費大量熱量與肌肉訓練，可以跳很久很久，跳到很老。這個老師的拉丁舞是為了教課稍微硬跳硬編舞，看得出他沒有任何編舞上的創意。上個人課，他的拉丁舞教得就有點吃力。在一次他在舞廳舉辦的學生成果發表會後，他問我要不要改上華爾滋。

學生發表會他跳了好幾場，都和他的貴婦學生，花了好多錢置裝，主要贊助者跳了最多場，換了三套衣服。

我以為他很傲慢，但竟也偷聽到，他和團體班幾個大叔原來會聊天。平常就喜歡開黃腔的那幾個大叔又不正經，嬉鬧著問老師，你教的那幾個貴婦，每天抱著跳，跳了這麼多年，你是什麼感覺啊？

「抱著提款機的感覺。」他說，只要每一個提款機可以抱上十年，人生以後就不愁了。

我想起這個人的無禮與優越感，相對於他不可原諒的，在舞藝上的表現那樣低，想起他身上的汗味和著廉價聚酯纖維的臭味，一刻也不想忍受。東尼，東尼上一天課，會在包包裡放兩三件T恤，避免體臭汗味干擾到學生或舞伴，東尼是個有禮貌的好孩子。還有，東尼不是老師而已，他是舞者，這個人不是。

還放了些預付的學費沒用完，但我已經決定再也不見這個老師了，不要讓他弄髒了我自己關於舞蹈建築的回憶。

我想這次就是最後了，我真的不會再跳了。但是我覺得一點也不哀傷，也不會生氣，不再有一定要拚搏的失落，也不再有當時跟著東尼時，覺得自己被那個雙人一組的舞蹈世界排除在外的失望。

而我走到這裡了，在月光中，東尼，我走到這裡了。

我不再幻想用我的雙腳跳躍旋轉，我也不再因渴望身穿閃亮鱗片之裙萬眾矚目，我不再在人魚之海游泳，我不再扭動身體，穿梭於奇顏異色的珊瑚中，向透過海面折射而來的人類燈火許願。

我始終沒成為舞者，我成為了平凡的女人，用我受過傷的雙腳，在這陸地上生活行走，但我目光明朗，見過許多風景，我認識過許多人。我不穿金色高跟鞋了，我只能穿平底便鞋。

東尼好像聽到我了。

上課前我若早到，便會沿著舞蹈教室四面牆繞圈行進，練習倫巴基本步，一圈又一圈。有時候我累了，東尼便出現，要我別休息，繼續練，我累了步伐變慢，他就雙手持續拍掌讓我跟上拍子，不可愈跳愈慢。他有時候興起，我速度減緩的時候，他會出現在我身邊，跟著我一起同步跳倫巴步，一起繞著教室一圈圈走，或者，從後用手輕推我的臀部：「二、三、四，二、三、四，跳在拍子上，不要慢下來。」

他說停的時候，我氣喘吁吁，趴在地板上起不來。

他把我扶起來，我怒嗔：「我討厭倫巴步，基本步最難最討厭！」

東尼大笑，要扭臀算步伐，要滑動，要挺直，要跟音樂，很難喔。

「你錯了，你想太多了，你這臭傢伙，把舞蹈想得太複雜了，你用腦子跳倫巴步，當然難。

「走路，就是走路而已，你要忘掉跳舞這個概念，跳舞就是走路，跳舞就是順暢地走路，昂首走路。

「我們一生要的，就只是漂亮地走路，沒有別的。」

跋

告別的禮物

鍾曉陽

寫作大半輩子了，有時仍不免會想，人寫小說是為了什麼。一個作者付出長時間的努力，想得到的是什麼？從另一方面說，一個讀者用寶貴的時間閱讀一本小說，想得到的又是什麼？小說和藝術，給予人類的是什麼？讀畢《人魚紀》，這些老問題又浮現腦海。

李維菁用僅餘的生命來創作這小說，想說的是什麼？小說裡有句話是這樣的：「從來就不是為了愛情而來，是為了困惑，為了靈魂，為了不朽。」這些話，說的是她自己的心情嗎？

那麼，《人魚紀》是個怎樣的故事？

可以有不同的說法。可以說，故事是以當下台北的國標舞界為背景，藉一個沒有舞伴的女子尋找合適舞伴的歷程，來寫人的渴望與失落與焦慮；可以說，它是以舞蹈來比喻人生的旅程，它是關於尋找關於追求，關於成長關於自我發現，這些具有普世意義的命題的；又或許可以說，它是以人魚來比喻人的某種狀況，人的夢想與困境，處境與命運。

這樣的故事有著怎樣的可能？怎樣的寓意？可以說是無限的可能，無限的寓意。

一個小說作者的敘述能力其實也包括製造懸想、請君入甕的能力。李維菁深諳這種技巧，運用上也果敢而有拿捏。她所設定的敘事調子是直接的，平易近人的，就像有個老朋友在跟你說話，一個情節一個情節娓娓道來，她的經歷她的感受，她的回憶她的領悟，然後一個不覺察間，你發覺你已進入一個令你目眩神馳的世界，既是日常的又是非常的，既是感官的又是異想的，既是寫實的又是童話的，而你不由自主跟著走，不知會被帶往哪裡而屏息著，一下子潛入了絢麗的海底，一下子進入一個舞蹈教室熱鬧紛紛，充滿舞步充滿節拍，更多的人物更盛大的場面，透過女主人公的視角你的目光落在林林總總人物的身上——熱誠認真的舞蹈老師，傲慢的年輕舞伴，貌合神離的一對舞者，耀眼的舞蹈明星，古怪的跳舞家庭，一個寂寞練舞的身影。人的世界，人魚的世界，舞者的世界，一個套一個，不同角度的折射像舞蹈教室的四壁鏡子，而你置身其中看到的盡是鏡中的自己。

那麼跟李維菁以往的創作比較起來，這是部什麼樣的作品？

我會說有很大的不同，意圖與實踐更具野心。我們仍然能看到自《我是許涼涼》以來一再出現的主題：男人女人、女性自覺、都市愛情。看到她寫人生百態色相眾生，充滿紮實的細節，入肉見骨照妖現形。看到她寫人與人間的辛酸曲折，充滿洞察與同情。然而在這裡，這些都成了副旋律，交織協奏成一個大故事，生命整體經驗的一部份，塵世風光的一部份。而我覺得最特別的，是文字風格緊密地呼應了題材，有種自由的調子，千嬌百媚千變萬化，就彷彿她把跳舞感受到節奏和舞姿化入了文字，盡情地，舒放地，說她所要說的。

比如寫舞蹈比賽的快節奏的這段：「各色人種，美麗的舞者們，以兩兩成對的形式，呲牙咧嘴，殺氣騰騰，身體交纏，愛憎相雜。一下子生吞活剝要吃了對方，一下子歡快抒情地慶典遊行，有時兩小無猜地看星星玩唱遊，那些濃妝、金粉、防晒、汗珠折射燈光，細細滴滴地佈滿臉蛋與身體，仔細看，他們全身的舞衣都濕透。」

又比如寫人魚的節奏舒緩的這段：「我喜歡幻想風平浪靜的好天氣，人魚在海底仰望，就可以見到太陽。在人魚眼中，陽光像朵盛開的花，花瓣從中心點漩渦狀幅射開來，長成為一朵太陽花。我以太陽花的形狀來布置我的小庭園……」

那麼，核心訊息又是什麼？我們總是忍不住問。

真實人生裡，李維菁的舞場是寫作，是文字，是小說。用她自言是「平凡老實笨拙」的寫作方式寫下了作品，自然是有所抒發。

《人魚紀》將來定必有萬萬千千的讀者，這些讀者在放下書後各自帶著什麼樣的訊息去繼續過自己的人生，相信是各有因緣。

若要我說我得著了什麼，我想就是，我感覺到了維菁。我感到她強大的生命。我感到她全部的熱情全部的真實，全部的溫柔全部的堅強，她傾盡所有來跟我說：珍惜生命。

彷彿是人魚消失入大海前遺下了禮物。

文學森林 LF0109

人魚紀

作者
李維菁
小說家，藝評人。著有小說集《我是許涼涼》、《老派約會之必要》，長篇小說《生活是甜蜜》，散文集《有型的豬小姐》，與Soupy合作繪本《罐頭pickle!》。藝術類創作包括《程式不當藝世代18》、《我是這樣想的——蔡國強》、《家族盒子：陳順築》等。

美術插畫 Whooli Chen
視覺構成 Sometime-else Practice. 以後，練習室
編輯顧問 林昀嫻、陳慧嶠
責任編輯 詹修蘋
行銷企劃 劉容娟
版權負責 陳柏昌
副總編輯 梁心愉

初版一刷 二〇一九年五月二十七日
初版五刷 二〇二二年六月三十日
定價 新台幣三二〇元

ThinKingDom 新經典文化
發行人 葉美瑤
出版 新經典圖文傳播有限公司
地址 臺北市中正區重慶南路一段五七號十一樓之四
電話 02-2331-1830 傳真 02-2331-1831
讀者服務信箱 thinkingdomtw@gmail.com
粉絲專頁 www.facebook.com/thinkingdom/

總經銷 高寶書版集團
地址 臺北市內湖區洲子街八八號三樓
電話 02-2799-2788 傳真 02-2799-0909
海外總經銷 時報文化出版企業股份有限公司
地址 桃園市龜山區萬壽路二段三五一號
電話 02-2306-6842 傳真 02-2304-9301

人魚紀 / 李維菁作. -- 初版. -- 臺北市：新經典圖文傳播, 2019.05
232面；14.8*21公分. --（文學森林；LF0109）
ISBN 978-986-97495-5-8（平裝）

857.7　　108006648